Sascha Ruck

# Der Mann, der sich im Kreis dreht

AF177537

**Zum Buch:**

»Meinen Sie, Sie könnten sich auf die Suche nach dieser Schrift machen?«, fragte die alte Dame.

Joseph Wassermann, verträumter Eigenbrötler und Verfasser trivialer Gardaseeromane, bringt es nicht übers Herz, die Bitte der Witwe auszuschlagen. In der Hoffnung, etwas über die wahre Bedeutung einer indischen Palmschrift zu erfahren, findet er sich recht bald in der norditalienischen Stadt Mantova wieder. Doch je tiefer er in das Labyrinth der Altstadt eintaucht, desto höher wird die Erkenntnis, dass sich all seine Recherchen im Kreis drehen. Schnell wird klar:

Das Buch, das er sucht, ist ein nahezu unlösbares RÄTSEL!

Wären da nicht ein Buchhändler, eine Wahrsagerin, ein Hofnarr und eine attraktive Edelhure, die ihm den Weg zur eigenen Mitte weisen.

Und dieser merkwürdige Straßenkünstler, der an jeder Ecke aus dem Nichts auftaucht, immer nur leise lächelt und sich tatsächlich im Kreis dreht...

**Zum Autor:**

*Sascha Ruck* wurde am 10. Februar 1967 geboren.

Seit 2008 ist er Chefredakteur und Herausgeber des Magazins *FreiZeitSchrift – das Lokaljournal mit Herz.* Zuvor war er viele Jahre als Radiomoderator und Rundfunkjournalist in seinem oberbayerischen Geburtsort Garmisch-Partenkirchen tätig.

Der Autor liebt Kultur- und Pilgerreisen und lebt heute sowohl am Ammersee als auch am Gardasee.

*Der Mann, der sich im Kreis dreht* ist sein erster Independent-Roman.

Sascha Ruck

# Der Mann, der sich im Kreis dreht

Erzählung

 tredition®

© 2017 Sascha Ruck

Verlag:
tredition GmbH, Hamburg
www.tredition.de

ISBN
Paperback:        978-3-7345-7978-3
e-Book:           978-3-7345-7980-6

Umschlagabbildung:
»Turn, Turn Derwisch« von Patrick Vidal, Quebec, Canada
Autorenbild:
Anja Ostermann Fotografie, Utting, Deutschland

Printed in Germany

# INHALT

*»Die Welt braucht nicht noch mehr erfolgreiche Leute.*
*Die Welt braucht verzweifelt mehr Friedensstifter, Heiler,*
*Wiederhersteller, Geschichtenerzähler und Liebende aller Art«*

*(Seine Heiligkeit, Tenzin Gyatso, der 14. Dalai Lama)*

# Einstieg

# 1

Es war heiß, es war sonnig. War es Dienstag?

Der Tag, an dem er Schreibpausen einlegte, um Distanz zu seinen Romanszenen zu bekommen, sie sacken zu lassen. Oftmals auch der Tag, an dem er so gegen halb zwölf nach Castelletto fuhr, sich auf dem Wochenmarkt mit Obst und Gemüse eindeckte und anschließend auf der Piazzetta Olivo zu Mittag aß. Ja, je länger er sich zu erinnern versuchte, desto klarer baute sich das Bild vor ihm auf: Es war ein Dienstag im Juli, an dem sich seine Wege mit denen von Frau Eicher an einem alten, großen Olivenbaum kreuzten.

Joseph Wassermann keuchte, als er seine Einkäufe die steile Gasse vom Hafen hinauf ins *Sarsissa* schleppte und sich an einem freien Terrassentisch direkt an der roten Hausmauer niederließ. Vor den anderen Häusern saßen ein paar Fischer, die über Sport, Politik und Wetter diskutierten, direkt über ihnen klammerten Frauen in bunten, blumigen Kittelschürzen Wäsche an die Leinen und unter einer violetten Bougainville meditierte eine rötlich gefleckte Katze, die nicht einmal dann aus der Ruhe zu bringen war, wenn ein paar Übermütige mit auffrisierten Vespa-Rollern über die Piazza ratterten und blitzschnell wieder in den engen Kopfsteingassen verschwanden. Kurz blickte er nach oben zu jenem verwitterten Balkon, wo beim jährlichen Karfreitagsspektakel ein kostümierter Pilatus seine Hände wusch, dann bestellte er eine kleine Karaffe Weißwein, eine Flasche Wasser, gemischten Salat und eine Portion *Maccheroni à la casa*. Den Hinterkopf leicht an die Wand gelehnt, hielt Wassermann sein Gesicht der Sonne entgegen und machte einen insgesamt sehr friedlichen, wenn nicht gar zufriedenen Eindruck. Zumindest tat es ihm gut, auch in diesem Sommer dem bayerischen Voralpenland wieder den Rücken gekehrt zu haben, um sich hier, am Lago di Garda, seiner Detektivserie zu widmen. Deren Hauptfigur, der eigensinnige Ermittler Claudio Rossetti, hatte sich als *Schnüffler von Bardolino* längst in die Krimiherzen deutschsprachiger Gardaseeurlauber ermittelt und obwohl die Taschenbücher vorwiegend in italienischen Tabakläden zwischen Postkarten und Strandutensilien verstaubten, verkauften sie sich doch sehr zahlreich. Die Auflage war mittlerweile so geklettert, dass ihn seine Lektorin Jahr für Jahr mit allerhand einfallsreichen Argumenten davon überzeugte, eine weitere Fortsetzung zu schreiben. Fünf Titel waren bereits veröffentlicht, zum Ende des Jahres sollte nun Rossetti Nummer Sechs produziert und rechtzeitig zur nächsten Reisesaison auf den Markt geworfen werden.

Nun war es nicht unbedingt so, dass Wassermann Kriminalgeschichten so mir nichts dir nichts aus dem Ärmel schüttelte. Im Gegenteil, Geschichten über Mord und Totschlag waren noch nie so sein Ding. Doch was sollte er tun? Die Bücher wurden gelesen, die Zahlen passten und die Provisionen stimmten. Auf jeden Fall hielten sie sein Konto in Laune und damit auch die freundlichen Kredithaie seiner Hausbank. Musste ja nicht jeder wissen, dass er dabei lediglich die Goldmann-Krimis seines verstorbenen Vaters abtippte, die dieser in den späten 1950er Jahren sehr erfolgreich und zum Teil auch preisgekrönt publizierte. Klar, die eine oder andere Passage wollte vom Mief des spießigen Nachkriegsdeutschlands befreit werden und auch die männlichen Figuren vertrugen eine ordentliche Portion weniger

Chauvinismus. Zudem brauchten die Figuren italienische Vor- und Nachnamen und auch die Schauplätze mussten von Schwabing oder Bad Tölz nach Bardolino, Saló und Sirmione verlegt werden. Ansonsten aber funktionierten die Plots hervorragend und bisher kam ihm auch niemand auf die Schliche, da die Bücher in Deutschland oder auch in Österreich höchstens über Online-Portale erhältlich waren.

Da Schreiben schon immer ein recht einsamer Beruf und er außerdem nicht unbedingt ein Held darin war, zwischenmenschliche Beziehungen zu pflegen, gab es auch niemanden, der ihn ernsthaft vermisste, wenn er mal wieder von der nördlichen zur südlichen Seite der Alpen floh. Zwar ließ er sich alle Jubeljahre wieder auf partnerschaftliche Experimente ein, fühlte sich dabei aber meistens recht schnell in die Enge getrieben. Warum, wusste er auch nicht so genau, konnte sich aber gut vorstellen, dass viele ein Problem damit hatten, dass er lieber die ganze Welt umarmte als nur eine einzelne Person. Kam dann Eitelkeit mit Eifersucht ins Spiel, war der Weg nicht mehr weit, von Freundinnen, die keine Freunde waren, misstrauisch kontrolliert und in Besitz genommen zu werden. Dann lieber solo, auch wenn sich hin und wieder der Blues über sein Herz legte, da er niemanden hatte, mit dem er glückliche und unglückliche Momente teilen konnte. Wenn alles gut ging, lag die zweite Lebenshälfte ja noch vor ihm. Wer wusste schon, ob er eines schönen Tages nicht doch noch seiner zweiten Liebeshälfte begegnete, die ihn trotz seiner Lust nach Freiheit einfach nur sein ließ wie er war. Gut möglich, dass die Herzdame schon morgen an einer Supermarktkasse stand, in einem Zugabteil saß oder ihn in irgendeiner nebligen Spelunke vor Einsamkeit betrunken anlallte. Erwarten durfte er es allerdings nicht. Wer Gott zum Lachen bringen wollte, machte Pläne, das wusste er.

Doch zurück zu diesem sommerlichen Dienstag in der Trattoria *Sarsissa*. Der junge, an den Armen tätowierte Kellner brachte die Getränke und erst jetzt nahm Joseph Wassermann die weißhaarige Dame wahr, die am Nebentisch saß, mit zitternden Händen die Speisekarte aufschlug und sich die verschiedenen Gerichte laut vorlas. Aus den Augenwinkeln heraus sah er, wie sie plötzlich in ihre Handtasche griff und einen Würfel über den Tisch rollen ließ, der in etwa die Größe seines schon etwas in die Jahre gekommenen Benzinfeuerzeuges hatte. »Zwei«, zischte die Frau und ließ die beiden Punkte des Würfels in der Mitte des Tisches liegen. Er zündete eine Zigarette an, krempelte die Ärmel seines olivgrünen Langarmshirts nach oben und sinnierte eine Weile über das Alleinsein alter Menschen. Mit wem redeten sie? Wen fragten sie? Von wem bekamen sie Antworten? Doch die Fragen verflogen im Nu, als der Kellner nun auch die Salatschüssel servierte und die wenigen Schritte hinüber zum Nachbartisch ging, wo er einen zerfledderten Schreibblock und einen Kugelschreiber aus der Westentasche kramte.

»Sie haben gewählt?«, fragte er die alte Frau.

»Ja, bringen Sie mir doch bitte als Vorspeise eine Calabrese und zum Hauptgang dann das Hühnchenfilet. Wenn möglich mit gegrilltem Gemüse und Kartoffeln«.

»Sehr gerne. Wissen Sie auch schon, was Sie trinken möchten?«

Die Dame zeigte kurz zu Wassermanns Tisch.

»Ach, ich nehme auch einen viertel Liter Weißwein und eine Flasche Mineralwasser.«

»Mit oder ohne Kohlensäure?«

»Ohne bitte…«

»Wie Sie wünschen.«

Der Tätowierte notierte schnell die Bestellung, wartete bis Joseph Wassermann seinen Salat gewürzt hatte und stellte die Flaschen Olivenöl und Aceto Balsamico auf den Tisch des weiblichen Gastes. Pfeffermühle und Salzstreuer vergaß er und so kam es zum Gespräch.

»Entschuldigen Sie, sprechen Sie deutsch?«, fragte die Frau, die zwischenzeitlich ihre Lesebrille abgenommen und ihre Sonnenbrille aufgesetzt hatte.

»Ja, ich bin aus Bayern. Und Sie aus der Schweiz, stimmt`s? Man hört es an Ihrem Akzent.«

»Ganz richtig. Aus Luzern. Genauer gesagt aus einer kleinen Ortschaft in der Nähe von Luzern. Dagmersellen. Werden Sie womöglich nicht kennen.«

»Nein, sorry. Aber Luzern kenn` ich, war ich schon mal.«

»Aus Bayern sagen Sie? München, Nürnberg, Passau?«

»Nicht so ganz. Ich lebe am Ammersee, südwestlich von München, in Oberbayern.«

»Ammersee? Wie schön! Mein Mann und ich waren früher hin und wieder in Herrsching, um zu diesem berühmten Kloster hinaufzuwandern. Sie wissen schon, die Kirche mit dem süffigen Bier…«

»Ach ja? Sie meinen bestimmt das Kloster Andechs«, half er ihr auf die Sprünge.

»Andechs hieß der Ort, genau. Der Name war mir entfallen. Ach, junger Mann, wären Sie vielleicht so nett und würden mir Salz und Pfeffer reichen? Da war der freundliche Herr Ober wohl ein wenig unachtsam.«

Er stand kurz auf und stellte den Streuer und die Mühle an den Rand ihres Tisches. Zusammen mit einem Teller Tomaten, Mozzarellascheiben und einigen wenigen Basilikumblättern brachte der Kellner jetzt auch ihre bestellten Getränke.

Zurück im Stuhl stach Wassermann immer mal wieder lustlos mit der Gabel in den Salat oder tunkte Weißbrotscheiben ins Dressing, registrierte aber, dass die fremde Dame ihre Sonnenbrille wieder absetzte und mit ihren Bügeln in seine Richtung zeigte.

»Sie sind alleine hier?«

»Ja«, gab er knapp zurück.

Er hatte keine Lust, sich länger mit ihr zu unterhalten. Zu viele Gedanken schwirrten durch seinen Kopf. Ideen, die schnellstmöglich zu Papier gebracht werden wollten, bevor er sie wieder vergaß. Bildhafte Gedanken, die sich im Wesentlichen um die Frage drehten, ob es nicht Sinn machte, seinem Claudio Rossetti ein Haustier an die Seite zu geben. Vielleicht einen deutschen Schäferhund? Mit ihm als zuverlässigen Kompagnon könnte sein oftmals introvertierter Ermittler Monologe führen, die er mit seinem Gegenspieler, dem dümmlichen Commissario, nie und nimmer besprechen wollte. Persönliche Erfahrungen zum Beispiel. Zündende Einfälle. Neue Spuren. Oder einfach nur dummes Zeug. Der Leser würde dadurch noch tiefer in Rossettis Charakter eindringen können, zumal ein treuer Vierbeiner ja auch niemals Widerstand leistete und schon gar nicht wiedersprach. Ja, vielleicht sollte er Rossetti in der neuen Folge für einen Abstecher ins Tierheim nach Trento fahren lassen. Eine großartige Idee!

Doch die Dame ließ nicht locker.

»Möchten Sie sich nicht zu mir setzen? Mir Gesellschaft leisten?«

»Hm…warum eigentlich nicht…«, antwortete er zwar höflich, begeistert aber klang anders.

»Aber nur wenn Sie mir verraten, warum Sie beim Lesen der Speisekarte einen Würfel rollen lassen.«

Er erhob sich, trug Gedeck, Besteck und Gläser zum Nebentisch und schob mit einem Fuß den Einkaufsrucksack an der Mauer entlang Richtung Nachbarin, die ihm nun direkt gegenüber saß.

»Oh, Sie sind ein aufmerksamer Beobachter«, lobte sie. »Das mache ich schon seit einigen Monaten so. Ich wache morgens auf und schreibe mir sechs Dinge auf einen Zettel, die ich an diesem Tag gerne erleben möchte. Gehe ich heute ins Theater oder doch lieber shoppen? Habe ich Lust auf einen Spaziergang oder sollte ich mich nicht lieber mal wieder um meine Finanzen kümmern? Lese ich ein Buch oder treibe ich Sport? Vielleicht mal wieder ein Museumsbesuch? Oder ein Ratsch mit meiner Kosmetikerin? Dann lasse kurz ich den Würfel rollen und entscheide. So bleibt mein Leben immer schön bunt und abwechslungsreich. Mal so, mal so. Dann wieder so und am nächsten Tag wieder so.«

»Das hört sich ja richtig spannend an«, bemerkte er und reichte dem jungen Kellner die Salatplatten, damit er sie abräumen und den zweiten Gang bringen konnte.

Eine Weile redeten sie so gut wie gar nichts, sondern konzentrierten sich auf das Mittagsmahl, dann aber nahm das Gespräch langsam Fahrt auf und er beantwortete

Fragen nach seiner Herkunft, seinem Beruf, seinen Vorlieben und er erfuhr im Gegenzug, dass die Seniorin drei Kilometer weiter südlich eine Villa mit Seeblick besaß und bereits seit über zwei Jahrzehnten am Gardasee lebte. In die Schweiz zog es sie nur noch sehr selten. Meist um Bankgeschäfte zu erledigen, Verwandte und Bekannte zu treffen oder die Firma aufzusuchen, die längst ihren beiden Söhnen überschrieben war. Beim zweiten Glas Weißwein – die Mittagshitze machte es möglich – taute sie dann so richtig auf.

»Sie sind der erste Mensch, der sich für dieses Spiel hier interessiert. Möchten Sie wissen, was es mit diesem kleinen Stück Holz wirklich auf sich hat?«
Sie schob den Würfel ein Stück in seine Richtung.

»Wenn Sie es mir gerne verraten möchten, dann erzählen Sie ruhig«.

»Gut, junger Mann. Sie müssen wissen, vor knapp einem Jahr verstarb mein Gatte. Ich befand mich gerade für ein paar Tage auf Kur, als der Anruf kam. Ich solle sofort zurück zum Gardasee kommen, mein Mann wäre am frühen Morgen tot aufgefunden worden…«

»Ach Gott, das tut mir wirklich sehr leid«, kondolierte Wassermann, war sich aber nicht sicher, ob sie es hörte, da sie ohne Unterbrechung weiter erzählte.

»…wir waren fast vierzig Jahre verheiratet. Schon auf der Rückfahrt nach Italien packte mich eine Art Wahnsinn und auch in den Wochen danach erwischte ich mich immer wieder dabei, entweder komplett durchzudrehen, Amok zu laufen oder ebenfalls sterben zu wollen. Doch dann, am Weihnachtsabend des letzten Jahres, fiel mir dieser seltsame Würfel mit seinen bunten Punkten in die Hände. Ich fand ihn beim Durchstöbern seines Ateliers.

16

So nannte Robert immer gerne sein eigenes, kleines Dachgeschosszimmer, wohin er sich regelmäßig zurückzog, um zu arbeiten oder Zeitung zu lesen. In diesem Atelier stand und steht auch heute noch eine alte, schon recht brüchige Holztruhe, in der er seine ganz persönlichen Schätze aufbewahrte. Reisesouvenirs, Schmuckstücke, Tagebücher, Skizzen, Fotoalben, Urkunden und solche Dinge.«

Sie unterbrach und nippte an ihrem Weinglas.

»Robert, so hieß er, Ihr Mann?«, warf Joseph Wassermann ein.

»Ja, Robert. Mein Name ist übrigens Sylvia Eicher.« Sie streckte ihm die Hand entgegen.

»Ich bin Joseph. Joseph Wassermann. Freut mich, Sie kennen zu lernen.«

»Ganz meinerseits. Schön, Ihre Bekanntschaft zu machen, Herr Wassermann.«

»Bitte nennen Sie mich Joseph. Wassermann klingt immer so nach Arbeit, Verpflichtung und Horoskop«, lachte er, doch wieder ging die alte Dame nicht weiter darauf ein, sondern setzte ihren Monolog fort.

»Mein Mann und ich waren zwei völlig unterschiedliche Menschen. Seine Interessen galten vorwiegend der Politik, der Wirtschaft, auch der Wissenschaft. Und er war ein leidenschaftlicher Wintersportler. Skilauf, Langlauf, Schlittschuhlauf, das ganze Programm. Sowohl aktiv als auch passiv vorm Fernseher. Ich selbst konnte mit all dem nicht sehr viel anfangen. Ich weigere mich ja schon, Radio zu hören oder die Glotze einzuschalten. Hin und wieder ein Kinobesuch, meinetwegen, aber immer diese mediale Verblödung? Nein danke! Meine Liebe gilt der Kunst, der Malerei, der Literatur, auch der Religion und der Astrologie. Das ging manchmal soweit, dass mein Mann sich regelrecht lustig machte. ›Lieber Spirituosen als Spirituelles…‹, scherzte er immer, aber ich ließ mich davon nicht provozieren. Ich liebte ja in erster Linie seine Herzenseinstellung, nicht seine Lebenseinstellung. Aber jetzt, da er nicht mehr an meiner Seite ist, geht sie mir doch sehr ab, diese gegensätzliche Lebensart. Nicht sein Leben, auch nicht mein Leben, es ist *unser* Leben, das ich so sehr vermisse.«

Ihre von Natur aus sanfte Stimme wurde nun noch etwas leiser und kleine, feuchte Tränen trübten ihre Augen, die sie schnell wieder hinter den dunklen Gläsern ihrer Sonnenbrille versteckte. Da kam es ganz gelegen, dass der Kellner vorbeilief und ein lautes »Signore, alles in Ordnung?« in das Gespräch schleuderte. Wassermann wartete, bis die Dame sich wieder ein wenig fasste, doch sie schwieg für mindestens fünf Minuten. Dann aber kam sie auf den Punkt.

»Ob Sie`s glauben oder nicht, lieber Joseph, dieser Würfel hier rettete mein Leben. An diesem ersten Heiligabend ohne meinen Mann hielt ich den Schmerz über seinen Verlust schlicht und einfach nicht mehr länger aus. Ich spürte, wie mein Körper immer schwerer wurde und sich ein unerträglicher Druck auf mich legte. Mit dem Würfel in der Hand ging ich vom Atelier zurück ins Wohnzimmer, legte mich aufs Sofa und war bereit, alles loszulassen. Mich zu verabschieden, die Trauer hinter mich zu bringen, meinem Mann hinterher zu reisen. Doch ganz plötzlich, von einer Sekunde auf die nächste, war ich hellwach! Ich richtete mich auf, betrachtete den Würfel und ging noch mal nach oben, um das dazugehörige Spiel zu holen. Ich hatte es zuvor noch nie richtig gesehen und bin mir auch heute noch nicht sicher, um was es sich dabei handelt. Ein wenig erinnert es mich an eine antike Ausgabe von ›Malefiz‹, da sich auf dem alten, vergilbten Karton Symbole und Antlitze befinden, die durch Wege verbunden sind, auf denen die Spielfiguren je nach Würfelzahl voranschreiten dürfen. Und dann fiel es mir wieder ein! Das musste das Spiel sein, das ein alter buddhistischer Mönch meinem Mann damals schenkte, als er mit seinen Sportkollegen einen Tagesausflug nach Madonna della Corona machte. Ich kann mich noch sehr gut daran erinnern, wie er am Abend zurückkam und ganz aufgelöst von dieser Begegnung erzählte. Sie kam eigentlich nur zustande, weil er sich für einige Minuten von seiner Gruppe entfernte und dabei unterhalb der großen Wallfahrtskirche eine kleinere, mehr oder weniger unscheinbare Kapelle entdeckte, die wiederum über eine, wie er sagte, heilige Marmortreppe zu erreichen war. Ich habe es auch deswegen noch so deutlich vor mir, weil er davon sprach, dass diese Treppe nur auf Knien bestiegen werden darf und er erst das Abbild eines lebensgroßen Christus` passieren musste, um zu dieser Kapelle zu gelangen. Das Spiel bewahrte er bis zu seinem Lebensende in seiner Schatztruhe auf. Ganz unüblich für ihn, er betrachtete es wohl mehr als Trophäe denn als wundersames Geschenk.«

Frau Eichers Lippen lächelten für einen Augenblick.

»Wie auch immer, an diesem Weihnachtsabend entschied ich mich dafür, weiter zu leben, auch ohne meinen Mann. Ab dem neuen Jahr würde ich jeden Morgen den Würfel werfen und mich daraufhin entscheiden, ob ich den weiteren Tag in der Wirklichkeit oder im Traum verbringe. Fallen die Zahlen Zwei, Vier oder Sechs, dann richte ich mich auf, gehe nach draußen und lebe sein Leben. Fallen die ungeraden Zahlen, ziehe ich mich zurück, gebe mich Bildern, Träumen und Erinnerungen hin und lebe mein Leben. Nur so schaffe ich es. Denn nur so bleibt mein Mann auch nach seinem Tod bei mir.«

Die frühe Nachmittagssonne brannte nun noch heißer und warf ihre hellen, grellen Strahlen durch die silbernen Blätter des Olivenbaums, der wie ein Wächter die kleine Piazza beschützte. Längst waren alle Gäste gegangen, nur er und die weißhaarige Dame saßen noch hier oben. Und natürlich der junge Kellner, der seitenverkehrt auf einem Stuhl saß, die Ellbogen auf der Lehne abstützte und über sein Handy Kurzmitteilungen verschickte. Bestimmt wartete er schon darauf, sich nun endlich mit seiner Ragazza unten am See treffen zu dürfen. Noch waren keine österreichischen oder bayerischen Sommerferien, da hatten die Einheimischen die Strände rund um den Lago so gut wie für sich.

»Frau Eicher, wenn ich Sie kurz unterbrechen darf«, sagte Joseph Wassermann mit Blick auf den Ober. »Möchten Sie auch noch etwas Süßes? Oder eine Tasse Kaffee?«

»Unbedingt! Die Schokoladentorte. Haben Sie die hier schon mal probiert? Eine echte Sensation!«, schwärmte sie in bestem Schweizerdeutsch. Die Traurigkeit war mit einem Mal wie weggeblasen.

»Dann nehme ich gerne auch eine«, stimmte er zu. »Und einen Caffè Doppio…«

Der Kellner griff zwar nur die Worte *Kaffee* und *Schokolade* auf, wusste aber sofort, was zu tun war.

»Due torte di cioccolata è due caffè, Signori?«

»Ja, zweimal die Schokoladentorte und zwei doppelte Espressi, per favore«.

»Va bene«, lachte der Kellner. Wassermann sah, dass der für Flower-Power-Zeiten eigentlich viel zu junge Kerl seinen braungebrannten Arm mit dem Gesicht von Jimi Hendrix verewigte. Dann wandte er sich wieder seiner Gesprächspartnerin zu.

»Ein buddhistischer Mönch schenkte Ihrem Mann ein Spiel, sagten Sie? In Madonna della Corona? Das ist doch eine tief katholische Wallfahrtsstätte, nicht sehr weit von hier.«

»Ja, ein alter Mönch, der irgendwo in Sri Lanka einen Waldtempel bewohnt! Er schien meinen Mann schwer beeindruckt zu haben, denn Robert berichtete von einigen Fotoaufnahmen, die den Mönch in seinem Tempel zeigten. Auf dem Tisch Bücher. Auf dem Boden Bücher. In, unter und auf den Schränken nichts als Bücher. Wo man hinsah, herrschte das Wort. Schriften, Magazine, Briefe, Zeitungsausschnitte, kleine Bücher, große Werke. Alles auf kleinstem Raum, in dem der Mönch saß, schlief, aß, las und betete. Sein Name war... ich glaube Nayaka oder so ähnlich. Er kam auf Einladung einer Initiative für Völkerverständigung nach Europa und besuchte unter anderem Orte, die westlichen Menschen als heilig gelten. Eben auch Madonna della Corona.«

Sie nahm die Sonnenbrille wieder ab und die trüben Augen wichen einer glasigen Klarheit.

»Anschließend holte er unter seiner weiten Safranrobe eine längliche Schriftrolle hervor und weihte meinen Mann in die Kunst der Olas ein. So zumindest erzählte es mir Robert damals.«

»Olas? Noch nie gehört.«

»Ja, Olas. Das sind Manuskripte aus den Blättern der Talibot-Palme«, fuhr sie fort. »Diese Blätter wurden vor vielen Jahrhunderten in Indien und auch in Ceylon zu länglichen, schmalen Büchern zusammengebunden, wobei die Buchstaben zunächst mit einem spitzen Metallstift eingeritzt und dann mit einer Mischung aus Ruß und Baumharz überpinselt und somit lesbar gemacht wurden. Glaub` mir, ich traute meinen Augen nicht, erzählte Robert immer wieder, dieser alte Mönch war tatsächlich im Besitz von über zweitausend Jahre alten Schriftstücken! Geschrieben in Sanskrit, der heiligen Sprache der Hindus«

»Hat dieser Mönch Ihrem Mann denn erzählt, was auf den Palmblättern geschrieben steht?«

»Leider nein. Er fuhr wohl nur immer leicht mit den Fingern von rechts nach links über die eingeritzte Schrift und deutete an, dass es davon eine Übersetzung gäbe, die sich lange Zeit im Besitz eines italienischen Sprachforschers befand. Angeblich vererbte der die Schrift aber irgendwann der Theresien-Bibliothek in Mantova. Zum Abschied überreichte er dann Robert das Spiel mit dem Würfel.«

Noch immer die Sonnenbrille zwischen den Fingern blickte Frau Eicher ihn plötzlich lange an.

»Waren Sie schon einmal in Mantova?«

Die Frage drang erst zu ihm durch, als die Schokoladentorte aufgegessen war. Ihre Erzählungen hatten ihn gedanklich nach Sri Lanka abschweifen lassen.

»Ähm…Mantova? Nein, leider noch nie. Immer nur Verona«, antwortete er.

»Ja, ja, nach Verona fahren sie immer alle. Romeo und Julia. Die Stadt der Liebe. Warum nicht auch mal nach Mantova? Die Stadt der Wahrheit!«

»Wer weiß, vielleicht sollte ich da tatsächlich mal hinfahren. Ist ja nicht so weit entfernt. Als Schriftsteller bin ich ja auch immer wieder auf der Suche nach neuen Schauplätzen.«

Genau das wollte Sylvia Eicher hören!

»Mein Mann und ich waren vor drei Jahren einmal dort, um die Übersetzung ausfindig zu machen. Doch leider war die Bibliothek zu diesem Zeitpunkt wegen Renovierungsarbeiten geschlossen. Man sagte uns, dass das alte Gebäude erst in zwei oder drei Jahren wiedereröffnen würde. Zu groß waren demnach die Schäden nach dem verheerenden Erdbeben. Auch der Archivar der Stadt und die Kulturverantwortlichen im Rathaus konnten uns keine weiteren Auskünfte erteilen. Lediglich ein paar Straßenkünstler, die an diesem Tag über die Plätze der Innenstadt zogen, schienen von der Schrift schon mal etwas gehört zu haben. Doch ihrer Meinung nach befand sich das Buch nicht etwa in der Bibliothek, sondern im Besitz einer Wahrsagerin, die irgendwo in den Gassen von Mantova ein Antiquitätengeschäft besitzen und weit über die Grenzen hinaus bekannt sein soll.«

»Bei einer Wahrsagerin?«

»Vielleicht, man weiß es nicht genau. Leider haben wir es danach nicht wieder geschafft, dorthin zu fahren, um uns weiter auf die Suche zu machen. Mein Mann sagte immer, wir sollten abwarten bis die Bibliothek wieder öffnet, weil der Mönch sich seiner Sache so sicher war. Ihm vertraute er mehr als einem Haufen Gaukler, die seltsame Kunststücke aufführen«, spottete sie, wurde aber gleich wieder ernst.

»Verehrter Joseph, ob Sie mir wohl einen ganz großen Gefallen tun möchten?«

Er wusste was kam, runzelte aber trotzdem die Stirn.

»Meinen Sie, Sie könnten sich mir zuliebe auf die Suche nach dieser Schrift machen? Die Bibliothek, das Buch, vielleicht die Wahrsagerin finden? Ich fühle mich mittlerweile einfach zu schwach, um stundenlang durch die Gassen und Straßen einer Altstadt zu laufen. Aber ich muss ich diese Schrift nur ein einziges Mal zu Gesicht bekommen. Das schulde ich meinem verstorbenen Mann, der zum Schluss seines Lebens von nichts anderem mehr sprach als vom Finden dieses Buches.«

Selbst wenn Joseph Wassermann ihre Bitte hätte ausschlagen wollen, es gelang ihm einfach nicht. Was seine Vernunft eigentlich unterdrücken wollte, sprachen seine Lippen laut und deutlich aus:

»Aber klar. Selbstverständlich fahre ich für Sie nach Mantova. Mit komplizierter Spurensuche kennt sich mein innerer Detektiv ja recht gut aus.«

Der junge Mann brachte schließlich die Rechnung und Frau Eicher zahlte beide Mittagessen. Dann rückte sie den Stuhl nach hinten, erhob sich und sagte zum Abschied:

»Mahatma Gandhi meinte einmal, wer einen Fluss überqueren will, müsse die eine Uferseite verlassen. Ich weiß, dass mein Mann mich auf der anderen Flussseite erwartet, aber ich kann nicht hinüber bevor ich nicht sein und damit auch mein Lebenswerk vollendet habe. Verstehen Sie, was ich meine?«

»Ja, ich denke, ich verstehe Sie sehr gut, Frau Eicher. Wieviel Zeit habe ich, um das Buch zu finden?«

Die alte Frau stützte sich auf ihren Spazierstock und gab ihm einen sanften Händedruck.

»Sie haben Zeit.«

Dann verließ sie den Tisch und ging mit langsamen, schwerfälligen Schritten davon. Noch bevor er sich für die Essenseinladung bedanken konnte, bog die Frau mit ihrem weißen Haar und ihrem sommerlichen Batikkleid in den kleinen, schmalen Weg ein, der zum See hinunter-führte.

»Alle Zeit der Welt!«, rief sie durch die Gasse, drehte sich ein letztes Mal um und zeigte mit dem Ende ihres Stockes auf den alten, schimmernden Olivenbaum.

●

# Abstieg

## 2

Mittlerweile zog der Herbst ins Land und die drei Seen rund um Mantova schickten frischen Wind durch die Gassen der mittelalterlichen Altstadt. Vor den Bars und Cafés saßen ein paar wenige Touristen, Grüppchen von Studenten, Geschäftsleute oder Frauen beim Kaffeeklatsch. Viele von ihnen mit Anoraks oder Strickjacken, manche auch mit weichen Vliesdecken über den Beinen, die – jahreszeitenbedingt – zur Ausstattung der verschiedenen Sitzgelegenheiten gehörten. Der Himmel war grau, gut möglich, dass es bald regnete.

Joseph Wassermann hielt inne, bevor er die Tür zum Hotel öffnete. Das Spiel eines Straßenmusikers wollte ihn nicht loslassen, weswegen er vor der großen Glasvitrine einer Modeboutique stehen blieb und so tat, als mustere er die schicken, dunklen Wintertrends, nur um unauffällig den Riffen, Griffen und Klängen des Gitarristen lauschen zu können. Drei lange, wie zu Salzsäulen erstarrte Schaufensterpuppen blickten ihn dabei an. Eine mit schwarzem Anzug, Krawatte und glänzenden Lackschuhen, die anderen beiden mit schwarzem Kunstlederrock, einmal lang bis zu den Knöcheln und einmal kurz über schwarzweiß gestreiften Leggings, die wiederum in kniehohen, mattschwarzen Stiefeln steckten. Außerdem schwarze Winterjacken, graue Schals und auch die glattfrisierten Perücken glänzten wie das Gefieder von Kohlraben. »Sollte wirklich was dran sein, dass Italien mit seiner weltberühmten Mode anderen Ländern ein knappes Jahr voraus war, dann standen uns schwarze Zeiten bevor«, dachte er sich und passenderweise stimmte der Musiker im gleichen Moment *Black Magic Woman* an.

Mit seinem Bart, den Dreadlocks und seinem leisen Lächeln wirkte der Mann zwar unnahbar, hatte er aber dennoch etwas sehr Vertrauenswürdiges an sich. Sein dunkler Kapuzenhoodie war von der Sonne verblichen, die schwarzen, löchrigen Jeans ausgewaschen und von einem seiner gräulichen Chucks löste sich die Gummisohle. Wassermann stellte sich vor, wie er Mülltonnen nach Lebensmitteln absuchte, Touristen anbettelte und Sommer wie Winter unter Brücken schlief. Verlegen wanderte sein Blick zurück zu den Modepuppen, dann noch einmal zum Lächeln des Straßenkünstlers und schließlich zur Eingangstür des *Albergo Italia*. Die Frau an der Rezeption legte das iPad zur Seite und sah den neuen Gast erwartungsvoll an.

»Buongiorno Signore!«

»Buongiorno«, grüßte er zurück und holte aus seinem Jackett die Buchungsbestätigung hervor. Sie verglich die Daten mit denen ihres Computers, ließ sich ein Anmeldeformular unterschreiben und tauschte Zimmerschlüssel gegen Personalausweis.

»Nummer 18, Signore Wassermann, erster Stock.«

»Grazie, grazie mille, Signora…«

Seinen Versuch, das R rollen zu lassen, quittierte sie mit einem Schmunzeln.

»Darf ich Ihnen zur Begrüßung vielleicht ein Glas Prosecco oder eine Tasse Kaffee servieren? Auf Kosten des Hauses versteht sich.«

»Sehr freundlich von Ihnen. Aber gerne.«

Er wählte einen großen Cappuccino und folgte der Empfangsdame hinüber zur Bar, wo er von seinem Platz aus die alten Fotografien an den Wänden betrachtete. Anscheinend hatte das Hotel in früheren Jahren schon bessere Zeiten gesehen, auch wenn er die Personen auf den Bildern nicht kannte. Wahrscheinlich italienische Filmschauspieler oder andere Prominente, die hier abgestiegen waren.

Mit einem kleinen Löffel führte er den schokoladenen Milchschaum zu seinem Mund und erblickte dabei eine auffällig elegante Frau, die vor dem Hotel aus einem Taxi stieg. Sie trug einen knielangen, dunkelgrauen Rock, schwarze Pumps, einen farblich passenden Blazer und eine, trotz der herbstlichen Stimmung, dunkle und wohl auch sehr kostspielige Sonnenbrille. An ihrer Schulter baumelte die obligatorische Louis-Vitton-Tasche und ihr langes, schwarzes Haar hatte sie zu einem strengen Dutt zusammengesteckt. Zudem glänzte ein verführerisches Rot auf ihren Lippen und an ihrem linken Nasenflügel blitzte ein winziger, glitzernder Stein. Alles an ihr war edel, hübsch und attraktiv, nur die unterdurchschnittliche Hotelkategorie wollte nicht so recht ins Bild passen. Er schätzte sie auf Mitte Dreißig, auf keinen Fall aber über Vierzig. Als der Taxifahrer ihren Trolley aus dem Kofferraum hievte, steckte sie ihm einen 50-Euro-Schein zu und betrat das Hotel. Fünfzig Euro? Wahrscheinlich kam sie direkt vom Flughafen, kombinierte er und nahm einen Schluck Cappuccino.

»Bitte, Signora Bianchini. Wir haben diesmal die 19 für Sie reserviert. Kaffee oder Prosecco?« Doch die Frau winkte ab.

Zimmernummer 19. Müsste ja direkt neben Achtzehn sein, entschlüsselte Wassermann weiter und witterte die Gelegenheit für einen kleinen Flirt. Er ließ den Löffel in die Tasse fallen, nahm seine Reisetasche unter den Arm und wartete ab, bis die Frau ihren schwarz lackierten Rollkoffer über die ersten Stufen zog.

»Entschuldigen Sie, Signora, darf ich Ihnen helfen? Mein Zimmer liegt auch im ersten Stock.«

»Wenn Sie unbedingt möchten, gerne«, freute sie sich und überließ ihm den Teleskopgriff des Hartschalenkoffers, den er aber einrasten ließ, um das Gepäck an seiner seitlichen Haltung zu nehmen.

Trotz des Kraftaufwands, sowohl seine als auch ihre Habseligkeiten nach oben zu schleppen, machte er sich einen Spaß daraus, der Lady, die zwei Stufen über ihm ging, auf die wippenden Hüften zu starren. Nur gut, dass Frauen hinten keine Augen hatten, grinste er und stemmte den Trolley über den letzten Treppenabsatz.

»So, bitte schön.«

Er suchte den Flur nach den richtigen Zimmern ab, stellte aber rasch fest, dass sie beide genau davor standen.

»Sehr lieb von Ihnen, vielen Dank«, sagte sie. »Ich wohne hier, Nummer 19. Und Sie?«

»Gleich hier, 18. Bin sozusagen Ihr Nachbar.«

»Oh, dann trennt uns ja nur eine dünne Wand. Ich hoffe, Sie schnarchen nicht«, feixte sie und öffnete die Zimmertür. »Dann wünsche ich Ihnen einen schönen, angenehmen Aufenthalt hier in Mantova. Und herzlichen Dank noch mal für Ihre freundliche Hilfe.«

»Kein Problem, hab` ich gerne gemacht.«

Er wartete ab, bis die Tür hinter ihr ins Schloss fiel. Zurück blieb ein weicher, rosiger Duft. Umrahmt von Weihrauch und Patchouli.

## 3

Kaum hatte er die Tasche aufs Bett geworfen und das Ladegerät an sein Handy gestöpselt, klingelte es auch schon. Es war Katja Berger, seine Lektorin aus Deutschland. Grund genug für ihn, die Benachrichtigungstöne auf *lautlos* zu stellen, denn erstmal war er nur froh, dass er schon zur Mittagszeit dieses Hotelzimmer hier beziehen durfte, obwohl unten auf einem Schild die Check-In-Zeit auf 14 Uhr festgesetzt war. Wahrscheinlich waren zum Abschluss der Sommersaison nicht alle Zimmer vermietet. Eigentlich wollte er ja erst Ende Oktober, gleich nach der Frankfurter Buchmesse, wieder nach Italien reisen, doch das ganze Tohuwabohu um den neuen Rossetti ging ihm so sehr auf die Nerven, dass er kurzfristig seine sieben Sachen packte und über den Brenner fuhr. Sein Verlag war schlicht und einfach nicht bereit, die neue Folge zu akzeptieren. Zu konfus, zu unruhig, zu wenig authentisch sei die Story und überhaupt, man könne den Gardasee nicht richtig riechen, schmecken oder fühlen. Ob er den Handlungsstrang noch etwas nachbessern könnte, es reiche ja, wenn das neue Taschenbuch erst im Frühjahr `rauskäme. Und dann das ständige Gequatsche von Katja, die außer der sechsten Rossetti-Folge fast kein anderes Gesprächsthema mehr kannte. Immer nur diese Diskussionen und ihr ewiges Oberlehrergehabe. Wahrscheinlich war ihre Penetranz der eigentliche Grund, warum er frühzeitig flüchtete. Die Frage, wohin genau, stellte sich erst gar nicht. Er hatte ja noch dieses eine Versprechen einzulösen. Nicht das *Schreiben* eines Buches, sondern das *Finden* eines Buches stand auf der Agenda.

Ob im September, Oktober oder November, völlig egal. Es war höchste Zeit, sich auf die Suche zu machen.

Ganz ähnlich sah das auch Sylvia Eicher, die er am gestrigen Nachmittag noch einmal in ihrer Villa an der Via Salto aufsuchte. Er wollte auf Nummer Sicher gehen. Nicht dass die Witwe jemand anderen gefunden hatte, der für sie nach Mantova fuhr. Bei dieser Gelegenheit führte sie Wassermann auch gleich noch in das Atelier ihres verstorbenen Mannes und öffnete die Schatztruhe. Ihr war wichtig, ihm das indische Brettspiel zu zeigen, zu dem der hölzerne Würfel mit den bunten Punkten gehörte. Ja, es versprühte einen Hauch von Mystik. In der Tat. Vielleicht ein steinaltes, fernöstliches Orakelspiel? Keine Ahnung.

Gleich am nächsten Morgen machte sich Wassermann auf den Weg. Seinen Vermietern Ida und Marco, ein fürsorgliches Rentnerehepaar aus der kleinen Ortschaft Pai, hinterließ er eine kurze Nachricht, dass er wohl erst am nächsten Abend wieder zurück sein würde. Dann warf er die Reisetasche auf den Rücksitz seiner rotschwarzen Charleston-Ente und tuckerte zunächst die Gardesana entlang bis Lazise, wo er schnell noch ein Stück Sandelholzseife besorgen wollte. Er benutzte sie seit Jahren zum Haare waschen, zur Körperpflege und als Rasierschaum. Drei Fliegen mit einer Klappe! Dummerweise vergaß er, dass mittwochs in Lazise immer der große Markt stattfand, so dass er nicht nur hinter Bardolino im Stau stand, sondern zudem einen Parkplatz finden und sich durch die Besuchermassen bis zum Rathausplatz kämpfen musste, dorthin wo Carmen Minotti das kleine Ladengeschäft *Acqua, Terra e Fuoco* betrieb.

Da sich dadurch seine Weiterfahrt um mehr als eine dreiviertel Stunde hinauszögerte, verzichtete er darauf, in einer der Hafenbars zu frühstücken und fuhr stattdessen schnurstracks Richtung Peschiera und von dort aus gleich weiter über Monzambano nach Valeggio. Er liebte dieses Flusstal entlang des Mincio, auch wenn dieser Umweg wesentlich mehr Zeit kostete als der direkte Weg über die Autobahn. So oder so würde er erst gegen Mittag in Mantova ankommen. Ob früher oder später war nach dem Zeitverlust in Lazise nicht mehr so wichtig.

Wie beengt dieses Hotelzimmer war! Zehn, allerhöchstens zwölf Quadratmeter groß. Ein kleiner Tisch am Fenster, davor ein windiger Ikea-Stuhl, an der Wand ein eintüriger, hässlicher Kleiderschrank und daneben ein – für seinen Geschmack – viel zu hitziges, ungerahmtes Bild, das einen wild blickenden Reiter auf einem feuerroten Pferd zeigte. Gewaltig, kraftvoll und energisch. Eigentlich unpassend für einen Raum, der vorrangig zum Schlafen dienen sollte.

Gleich neben der Zimmertür gab es noch ein winziges Bad mit Dusche, Bidet und Klo. Über dem Waschbecken hing ein ramponierter Spiegel, eine verkratzte Keramikablage mit eingeschweißten Shampoopäckchen und die Innenseite der Tür zierte eine Eisenstange, an der zwei weiße, nicht unbedingt weichgespülte Frottee-Handtücher baumelten.

Nachdem er für einige Minuten die Beine ausgestreckt und mehrere Löcher in die Luft gestarrt hatte, packte er die Tasche aus. Die Anziehsachen verstaute er im Schrank, Schreibblock und Stift legte er neben das Bett und auf den kleinen Tisch unterm Fenster postierte er den goldenen Messingkerzenständer, den er vor Jahren mal auf einem Flohmarkt erwarb und der ihn auf allen großen und kleinen Reisen begleitete. Mit der Zippo-Flamme brachte er das untere Ende einer roten Kerze zum Schmelzen und drückte sie in die Halterung. Wie immer kippte sie anfangs ein wenig zur Seite, aber beim zweiten Versuch klappte es und die Kerze zeigte wie ein dünner Pfeil nach oben. Er öffnete das Fenster, um zu testen, dass es nicht gegen den Messingleuchter stieß und lehnte sich hinaus. Das Zimmer lag über einer ziemlich verschmutzten Seitenstraße, an deren Häuserwänden Müllcontainer überquellten und sich streunende Katzen die Herrschaft über dieses Revier aufteilten. Auf der anderen Seite, genau gegenüber, lachte ihn die Vitrine einer Buchhandlung an. Vielmehr das Seitenschaufenster, da die Hauptfassade mit ihren ausgestellten Bestsellern nach vorne zur Piazza Cavallotti zeigte. Hier hinten fand man zwar keine großen Verkaufsschlager im Fenster, dafür aber jede Menge Bücher über Land und Leute aus der Gegend um Mantova. Geschrieben, gezeichnet, foto-grafiert von Menschen, die mit ihren kleinen Werken die Liebe zu ihrer lombardischen Region mitteilten. Ohne renommierte Verlagshäuser im Rücken, dafür aber mit einer engagierten Buchhandlung, die ihnen zumindest eines ihrer Schaufenster zur Verfügung stellte. Wenn auch nur in einer vernachlässigten Seitengasse.

»Da macht sich ein Autor auf die Suche nach einer mysteriösen Schrift und landet direkt in einer Bruchbude mit Blick auf ein Buchgeschäft«, schmunzelte Joseph Wassermann in sich hinein und legte den mitgebrachten Murakami aufs Kopfkissen. Vielleicht kam er vorm Ein-schlafen ja noch zum Lesen. Anschließend löste er das

Smartphone vom Akku und sah auf die Uhr. Fünf Minuten vor eins. Keine sechs Stunden mehr, dann brach die Dunkelheit ein. Da er spätestens morgen Abend wieder am Gardasee sein wollte, musste er sich langsam auf den Weg machen.

»Jede große Reise beginnt mit dem ersten Schritt« las er erst kürzlich in einem dieser immer klugen Abreißkalender, doch ob ein einziger Tag ausreichen würde, um für Frau Eicher die Schrift ausfindig zu machen oder zumindest etwas darüber zu erfahren, da war er sich nicht so wirklich sicher. Aber der kleine Rossetti in ihm, dieser unverbesserliche Sturkopf aus seinen Romanen, brannte vor Ehrgeiz.

Er zog die Stiefel wieder an, klatschte sich zweimal sein *Fahrenheit* auf den Hals und steckte das Handy in die hintere Jeanstasche. Dann verließ er das Zimmer und lief hinunter zur Lobby mit ihren abgewetzten Ledersesseln und dem Hinweisschild auf kostenfreien WLAN-Zugang, den anscheinend auch die Mitarbeiter des Hotels eifrig nutzten, denn die junge Dame am Empfang war auch diesmal wieder in ihr Tablet vertieft.

»Nicht erschrecken Signora, nur eine Frage…«

»Ja?«

»Bitte halten Sie mich jetzt nicht für verrückt, aber man sagte mir, in Mantova gäbe es eine berühmte Wahrsagerin, die wohl auch einen Antiquitätenladen betreibt. Wissen Sie zufällig, wo ich diese Dame finde?«

»Mit Antiquitäten handeln hier in Mantova so einige«, sagte die Frau. »Aber eine Wahrsagerin…nein…tut mir leid, da kann ich Ihnen nicht weiterhelfen. Fragen Sie doch mal nebenan im Buchladen. Der dortige Besitzer ist Mantovaner und kennt die Stadt wie seine Westentasche.

Ich selbst bin ja nur zum Arbeiten hier, wohne eigentlich in Neapel.«

Natürlich nahm er sich längst vor, die benachbarte Buchhandlung zu besuchen, doch die kurze Gelegenheit, mit der hübschen Italienerin ins Gespräch zu kommen, die wollte er sich dann doch nicht entgehen lassen. Er beschloss, sie Veronica zu nennen. Warum auch immer. Wahrscheinlich mussten Schriftsteller ihren Figuren rein automatisch irgendwelche Namen verpassen und die freundliche Frau hatte für ihn etwas Veronikes an sich. Was er damit charakterisieren wollte, wusste er allerdings auch nicht so genau. Er legte den Zimmerschlüssel auf die Theke, schlüpfte in sein Jackett, das er sich zusammen mit dem Mantel nur schnell über den Arm geworfen hatte und bildete sich ein, den leicht feuchten Geruch des Teppichbodens einzuatmen. Modrig, muffig.

Als er hinaus ins Freie trat und mit einem Blick nach oben die Wetterlage prüfte, hörte er einen Song von Bob Dylan durch die Arkaden hallen. Leider unterbrochen von der penetranten Sirene eines Rettungswagens, der in diesem Moment über die Piazza raste und sich den Weg stadtauswärts freihupte. Der Gitarrist saß nach wie vor an seinem Platz und wieder fiel ihm dieses stille Lächeln auf, das selbst dann auf seinem Gesicht lag, wenn er sang, dabei klampfte und sich auf die Lyrik und den Refrain von *A Hard Rain`s A-Gonna Fall* konzentrierte. Er hörte das Lied noch bis zu seinem Schlussakkord, warf dem Künstler eine Zwei-Euro-Münze in den Koffer und ging die wenigen Schritte nach rechts zum Buchgeschäft. Trotz Mittagszeit hielten sich dort allerhand Kunden auf, die in Büchern blätterten, Klappentexte studierten oder sich in der kleinen Schlange vor der Kasse einreihten.

Gerade an so tristen Herbsttagen waren Buchhandlungen immer auch sehr willkommene Aufwärmstuben.

Unmittelbar neben dem Verkaufstresen gab es einen Metallständer mit Reiseführern und Straßenkarten in mehreren Sprachen. Joseph Wassermann entschied sich für den deutschsprachigen »praktischen Stadtführer« von Ferruccio Canali und suchte den Buchladen nach einem Angestellten ab, der ein, besser zwei offene Ohren für ihn haben könnte und er fand ihn auch, allerdings etwas weiter hinten in der Kinderbuchabteilung. Er dürfte gut siebzig Jahre auf dem Buckel haben, hatte lange, graue Locken, trug eine runde Nickelbrille und wirkte etwas verwirrt wenn nicht gar weltfremd.

»Mi scusi, darf ich Sie kurz was fragen?«

»Certo! Aber sicher!«, antwortete der Mann, wobei er das *certo* mit einem breiten *ceeeerrrrtoooo* schwungvoll in die Länge zog. Ohne die Füße auch nur einen Zentimeter anzuheben, schlürfte der Mann mit seinen Birkenstock-Latschen von einem Regal zum anderen, legte immer wieder den Kopf ein wenig schief und starrte Joseph Wassermann an, als müsste er nur wegen ihm sämtliche Lösungsansätze wissenschaftlicher Studien über den Haufen werfen.

»Bitte entschuldigen Sie, die Dame vom Hotel neben-an sagte mir, der Besitzer dieses Buchgeschäftes wäre einheimisch. Ob ich ihn kurz mal sprechen könnte?«

»Ja, da sind Sie bei mir an der richtigen Adresse. Mir gehört der Laden. Um was geht`s denn?«

»Nun, wie soll ich es sagen? Ich bin auf der Suche nach einem ganz bestimmten Buch.«

»Kein Problem«, sagte der Buchhändler. »Wenn Sie dort vorne an der Kasse Titel oder Name des Autors nennen, sehen wir nach. Vielleicht haben wir es hier im Sortiment oder wir finden es in unserer Datenbank.«

»Ähm, ja, nein, ein solches Buch meine ich nicht...«

»Wieso, was für ein Buch suchen Sie denn?«

»Ehrlich gesagt suche ich auch nicht direkt ein Buch, sondern vielmehr eine Wahrsagerin, die im Besitz eines bestimmten Buches sein soll. Die nette Frau vom Hotel meinte, Sie als waschechter Mantovaner könnten mir da vielleicht weiterhelfen.«

»Eine Wahrsagerin? Mit einem Buch?«

»Ja, es soll hier in der Stadt eine Wahrsagerin in einem Antiquitätengeschäft geben. Also, in erster Linie suche ich eigentlich dieses Geschäft.«

»Wahrsagerin? Mit einem Buch und Antiquitäten? Hier in Mantova? Grrrrch...«

Wassermann dachte zuerst, der Mann hätte sich verschluckt, doch der eigenartige Laut wiederholte sich.

»Grrrrrrrrch...«

»Alles ok mit Ihnen?«

»Ja, ja, keine Sorge...grrrrrch...grrrrrrrch...«, krächzte der Buchhändler und gab plötzlich Töne von sich, die dem Bellen eines Hundes, dann aber auch wieder dem Grunzen eines Schweines sehr nahe kamen.

»Grrrrraaaah...grrrrrrch...wuuuuhuuuu...«.

Joseph Wassermann war die Situation außerordentlich peinlich. Immer wieder sah er sich verlegen um, doch die meisten Anwesenden bekamen gar nicht mit, was sich hier hinten zwischen den Kinderbüchern abspielte, selbst als das Gebelle und Gegrunze in ein quietschvergnügtes Kichern und schließlich in ein lautstarkes, gröhlendes Lachen überging. Der Lockenkopf lachte und lachte, riss sich die Brille von der Nase, hielt sich den Bauch und wischte sich eine Träne nach der anderen aus den Augen.

»Haaaaa…hahahohoho…chrrrrr…grrrch…wuuuu… wuuuuhuuuuhuuuu…hahahahahahaha…!!!«

Er grunzte, schnarchte, gröhlte ohne Unterbrechung bis schließlich alles in einem fulminanten Lachkrampf gipfelte, der auch ihn ansteckte. Nun lachten sie beide und keiner von ihnen war in der Lage mit dem Irrsinn aufzuhören. Sie klopften sich die Schenkel, stießen sich kumpelhaft an den Schultern und lachten Tränen. Um sie herum, wie auf einer Zuschauertribüne, unzählige Buch-cover mit knallbunten Comicfiguren, grinsenden Sand-männchen, rosa Prinzessinnen, Einhörnern, Räubern und Polizisten.

Wassermann war der erste, der sich nach mehreren lan-gen Minuten wieder beruhigte und auch das Lachen des Mannes wurde daraufhin gedämpfter, leiser, langsamer.

»Was ist denn daran so lustig?« fragte er und wischte sich mit dem Zeigefinger die Tränen aus den Augen..

»Was daran so lustig ist?«, röchelte der Buchverkäufer. »Sie! Siiieee sind lustig!«

Es fehlte nicht viel und er grunzte wieder.

»Aber warum? Das war doch eine ganz stinknormale Frage.«

Der Lockenkopf sah sich kurz um, dann neigte er sei-nen Kopf wieder zur Seite und winkte Wassermann zu sich heran als wollte er ihm ein gutgehütetes Geheimnis offenbaren.

»Diesen Stadtführer da…« Er zeigte auf das Taschen-buch. »…haben Sie den schon bezahlt?«

»Nein, aber das mache ich natürlich noch.«

»Geben Sie mal her!«

Er übergab ihm den gedruckten Mantovaführer, auf dessen Titelseite eine Fotocollage verschiedener Sehenswürdigkeiten zusammengestellt war. Unter anderem auch die Statue eines Hofnarren von der er gleich später bei seinem Streifzug durch die Stadt noch mehr in Erfahrung bringen sollte.

Der Buchhändler schlug die letzten beiden Seiten auf und drehte Wassermann den Straßenplan für Mantovas historisches Zentrum zu. Auf ihm waren die wichtigsten Attraktionen mit verschiedenen Nummern eingezeichnet, deren Erklärungen weiter vorne im Buch nachgeschlagen werden konnten.

»Vielleicht kann ich Ihnen ja doch weiterhelfen«, sagte der alte Mann. »Hier oben, die Nummer Acht, sehen Sie? Das ist der Palazzo Ducale. Am besten, Sie laufen gleich dorthin, lösen eine Eintrittskarte und spazieren ein wenig durch die verschiedenen Gänge und Hinterhöfe. Nach einiger Zeit gelangen Sie zum sogenannten Labyrinth-Zimmer. Eigentlich können Sie es gar nicht verfehlen, die Palastwege führen Sie direkt hin. Hier, in diesem Raum, richten Sie Ihre Augen nach oben. Was Sie dort dann sehen, das könnte Ihnen vielleicht weiterhelfen.«

Joseph Wassermann ging zurück zur Kasse, bezahlte das Buch und verließ kopfschüttelnd den Laden. Der hektische Lärm rund um die Bushaltestellen der Piazza Cavalotti störte ihn allerdings dabei, sich still und leise darüber zu wundern, was soeben, ganz hinten bei den Kinderbüchern, über die Bühne ging.

*Fast zwanzig Euro. Genug, um Brot, Käse und Wasser zu kaufen, sich neue Straßenkreiden zu besorgen und einen Teil davon zur Seite zu legen.*

*Ich packte die Gitarre weg, stopfte das Sitzkissen in eine zerfledderte Plastiktüte und lief hinter zum Versteck. Schnell das Instrument gegen Leinensack und Regenbogenring austauschen und gleich wieder losziehen. Auch wenn das Wetter nicht mitspielte, es waren noch Touristen in der Stadt und es machte durchaus Sinn, die übliche Runde zu drehen. Einen Schluck Kaffee mit Flavio, dann ein kurzer Besuch bei Maria und anschließend weiter zur Basilika. Wie immer legte ich den Regenbogenring vor die Treppe und malte ihn mit roter Kreide aus. Dann nahm ich auf einer der Stufen Platz und beobachtete all die Menschen, die aus drei verschiedenen Richtungen vor der Kirche zusammenkamen und sich wieder verstreuten. In ihren Augen lag ein Licht, dessen Strahlen sich mit den Strahlen der anderen Passanten kreuzten. Ja, tief in ihren Seelen waren sie alle miteinander verbunden. Ich sah es, sie selbst sahen es nicht.*

Das *Albergo Italia* lag am südlichen Rand der Altstadt. Um zum Palazzo Ducale zu gelangen, musste Joseph Wassermann also das komplette Zentrum durchqueren, was aber dank der kurzen Distanz kein weiteres Problem war. Trotzdem hatte er auf halbem Wege Lust, sich gleich gegenüber der Basilika ins *Café Mirò* zu setzen, ein belegtes, warmes Brötchen zu essen und einen frisch ausgepressten Orangensaft zu trinken. Es war kurz vor zwei und da das Frühstück ausfiel, er außerdem noch nicht zu Mittag gegessen hatte, war er hungrig.

Ihm fiel auf, dass viele Menschen hier Hunde mit sich führten und noch mehr Menschen mit alten, klapprigen Hollandfahrrädern unterwegs waren. Dann und wann schlenderten recht skurrile, sehr merkwürdige Gestalten vorbei, die ohne weiteres aus einem Fellini-Streifen stammen konnten und von der großen Breitwand eines nostalgischen Filmtheaters direkt ins wirkliche Leben gehüpft waren.

Er zog den viereckigen Aluminiumtisch ein wenig zu sich heran und schlug die ersten Seiten des Stadtführers auf, die einen kurzen Einblick in die Geschichte des Ortes gaben: »Die Gründung der Stadt Mantova ist von Geheimnissen umwittert«, schrieb Canali. »Nicht nur aufgrund ihres legendären Ursprungs, sondern auch was ihre historischen Anfänge betrifft. Zwar widersprechen sich die mythologischen Quellen, und auch über die Gründerhelden gibt es mehrere Erzählungen, aber aus den ältesten Berichten gehen einige Übereinstimmungen hervor. Mantova wurde sehr wahrscheinlich von den

Etruskern gegründet, die einen Großteil der Po-Ebene erobert und sich nahe Bologna niedergelassen hatten.

So hat man ganz in der Nähe der Stadt ein reichhaltiges Warenlager gefunden, das ein Beweis dafür sein könnte, dass Mantova eines der fortschrittlichsten Märkte im etruskischen Expansionsgebiet gewesen war.«

Die Bedienung brachte den Saft, schnappte sich von einem der hinteren Tische einen silbernen Becher und stellte ihn dazu. Wassermann klopfte die Asche seiner Zigarette ab und las weiter.

»Der berühmte Dichter Vergil rühmte sich stets seiner Abstammung aus Mantova, auch als er nach der Schlacht bei Philippi im Jahre 42 v. Chr. seiner Ländereien beraubt und gezwungen wurde, nach Rom überzusiedeln. Die Gründung der Stadt wird erstmals von Vergil erwähnt, der das Drama der Bauern seines Landes in seiner berühmten ›Bucolica‹ erzählt. In diesen Hirtengedichten ist von einem Bianor, Sohn des Tiber und der Nymphe Manto die Rede, beziehungsweise von einem Aucno, dem etruskischen Gründerhelden von Bologna, ebenfalls ein Sohn der Manto, der den ersten Siedlungskern von Mantova gegründet und nach der Mutter benannt haben soll. Der Dichter Dante Aligheri allerdings sah das ein wenig anders. Nach seiner Auffassung war Manto eine Seherin, die selbst die Stadt gründete. Aufgeschrieben und nachzulesen in der ›Göttlichen Komödie‹…«

Eine Seherin? Wahrsagerin? Wassermann verschluckte sich fast und stellte den Saft zurück auf den Untersetzer.

Gerade als er sich in die weitere Historie der Stadt vertiefen wollte, servierte die Kellnerin den mit Tomaten, Zwiebeln und Speck belegten Snack. Er legte das Buch zur Seite und erkannte den vollbärtigen Straßenkünstler, der gerade noch vorm Hotel Dylan-Lieder sang und nun mit einem Lächeln im Gesicht um die Ecke kam und sich auf den steinernen Treppen vor der Basilika niederließ. Über seiner Schulter hing ein regenbogenfarbener Hula-Hoop-Reifen und unterm Arm trug er einen olivgrünen Seesack, in dem er, so zumindest mutmaßte Wassermann, sein Hab und Gut verstaute. Nur die Gitarre war nicht zu sehen. Er lehnte sich zurück und sah, wie der Kerl ein Stück Straßenkreide hervorholte, hinunter zur Piazza ging und dort den Plastikreifen als Schablone benutzte, um an seiner Innenseite entlang einen Kreis auf den Asphalt zu zeichnen. Vor dem kleinen Andenkenladen neben der Kirche kamen bereits erste Zuschauer zusammen, die gespannt darauf warteten, was dieser Gaukler vorhatte. Doch der schien alle Zeit der Welt zu haben, da er sich zunächst wieder neben sein Gepäck setzte und minutenlang lächelte. Erst als eine, mit Tomatenkisten beladene Ape an der Basilika vorbei krachte, schreckte er auf und machte sich daran, den Kreis mit roter Farbe flächendeckend auszumalen. Wahrscheinlich, so dachte sich Wassermann, wollte er ein Asphaltgemälde gestalten, doch nichts dergleichen, denn der Künstler holte stattdessen drei rote, handgroße Bälle hervor, stellte sich breitbeinig in den Kreis und jonglierte. Dabei smilte er unentwegt dem grauen Herbsthimmel entgegen, der sich in diesem Moment lichtete und aufhellte. Vielleicht aber leuchtete die Piazza vor der Basilika in diesen Minuten auch nur ein klein wenig mehr als die anderen Plätze der Altstadt. Konnte ja sein.

Vor dem Eingang zum Palazzo bildete sich eine lange Menschenschlange und Joseph Wassermann beschloss, zunächst auf der gegenüberliegenden Seite auf einer Steinbank abzuwarten, bis der größte Ansturm vorüber war. Auf seinem Weg von der Basilika hierher fiel ihm auf, dass er seit der Jonglage des Künstlers rot sah oder zumindest auffällig vielen, roten Dingen Aufmerksamkeit schenkte. Die junge Frau, die ihm mit ihrem roten Fahrrad entgegenkam. Der pakistanische Blumenverkäufer mit seinem Strauß Rosen. Das Restaurant mit den hohen, glasroten Blumenvasen auf den Tischen. Hier das Schaufenster mit den dunkelroten Kerzen. Dort die Kirschen, Erdbeeren und aufgeschnittenen Wassermelonen. Zwei, drei Leute mit roten Turnschuhen, einer von ihnen mit Stones-Zunge auf dem Shirt und – er sah ihn bereits von weitem – der knallrote, herzförmige Luftballon, der über den Köpfen einer größeren Reisegruppe tanzte.

Wassermann ließ seinen Blick über das weite, mittelalterliche Areal schweifen und erinnerte sich plötzlich an ein Gespräch mit einem befreundeten Kunsthistoriker, dessen Vortrag er neulich am Ammersee besuchte. Die Veranstaltung stand unter dem Motto *Farbrausch* und setzte sich in erster Linie mit der Auswahl von Farben in der Malerei auseinander. Später, bei einem schweren Glas Rotwein, erzählte der Freund, dass Rot auch die Königin der Farben genannt wurde, weil es in der Lage war, alle anderen Farben zu dominieren und außerdem die größte Intensität besaß. Ganz abgesehen davon, dass der Urstoff schlechthin, nämlich Blut, im wahrsten Wortsinn blutrot war.

Doch Rot, so klärte der Kunstkenner auf, stand auch für Liebe, Sinnlichkeit, Leidenschaft sowie für Sex, Sünde und Erregung. Fast wäre Wassermann in einem leicht rötlichen Tagtraum versunken, wäre nicht diese, der Sprache nach österreichische Reisegruppe vor ihm zum Stehen gekommen, deren Teilnehmer an den Lippen einer Stadtführerin hingen, die irgendwo in der Mitte des Pulks stand, um mit Händen und Füßen über allerhand Mythologien zu referieren. Zufällig knüpfte sie mit ihren Ausführungen dort an, wo Joseph Wassermann zuvor beim Lesen aufgehört hatte. Bei Dante, der Hellseherin Manto und dem Mythos der Stadtgründung.

»Entschuldigen Sie, gnädige Frau. Weiß man denn mehr über diese Seherin?«, fragte einer aus der Gruppe.

»Nicht allzu viel, leider, aber es gibt hier in der Stadt nicht wenige, die zu wissen glauben, dass die Nachfahren von Manto immer wieder Söhne und Töchter auf die Welt brachten, die noch heute als Wahrsagerinnen oder als Magier tätig sind. Mit einem geheimen Wissen und mit hellseherischen Fähigkeiten, die von Generation zu Generation weitergegeben wurden.«

Wassermann stand auf, um der Frau besser zuhören zu können und war mehr als überrascht, die attraktive Lady vom Hotel zu sehen, der er vor nicht einmal zwei Stunden den Koffer tragen half und die, eingeschnürt in einem zinnoberfarbenen Trenchcoat, unbeirrt mit ihren Erzählungen fortfuhr. Ihr langes, schwarzes Haar, in das sie eine kirschrote Strähne hineingetönt hatte, trug sie mittlerweile offen. Es war genau diese Strähne, die ihr ein leichter Wind ins Gesicht wehte und die sie mit einer sanften Handbewegung wieder zur Seite schob.

»Ab dem dritten Jahrhundert wurde Mantova von den Barbaren überrannt und fünf Jahrhunderte später fiel die Stadt zunächst unter die Herrschaft der Langobarden und unterstand später Mathilde von Canossa«, trug sie der Gruppe vor, ohne Notiz von ihrem Hotelgenossen zu nehmen. »Nach dem Tod der Markgräfin wurde die Stadt dann freie Kommune, doch die anschließenden Kämpfe gegen Barbarossa führten zu zermürbenden Auseinandersetzungen zwischen den beiden verfeindeten Familien, die sich um die Macht stritten. Die Bonacolsi, die in der zweiten Hälfte des dreizehnten Jahrhunderts Stadtherren wurden, mussten 1328 Luigi Gonzaga das Feld räumen, der sich nur wenig später als kaiserlicher Vertreter anerkennen ließ. Damit begann die Herrschaft der Gonzaga, die fast vier Jahrhunderte andauerte und währenddessen sich die Stadt zu einem kulturellen Brennpunkt der Renaissance entwickelte, nicht zuletzt dank der Anwesenheit von Leon Battista Alberti. Mit Isabella d`Este, die bis 1539 Markgräfin war, erreichte das Mäzenatentum der Gonzaga seinen Höhepunkt. Zunächst als sich Andrea Mantegna in der Stadt aufhielt, und dann auch mit der Ankunft von Giulio Romano. Unter der Regentschaft von Gugliemo, für den unter anderem der Architekt Bertani arbeitete und zur Zeit Vincenzos gelangte das Herzogtum schließlich zur höchsten künstlerischen Prachtentfaltung. Das beste Beispiel steht vor Ihnen: der Ausbau des Palazzo Ducale zu einem geschlossenen Komplex, der zur Stadt hin keine Fassade besaß.«

Ein Teil der Gruppe trat ein Stück zur Seite, damit alle von ihnen freie Sicht auf die imposanten Mauern des Palastes hatten.

»Wenn Sie möchten, folgen Sie mir nun zum Haupteingang. Sie alle sind im Besitz unserer Museum-Card, die auch für den Besuch des Palazzo gültig ist. Lassen Sie sich Zeit, sehen Sie sich in Ruhe um. Wir treffen uns dann in 90 Minuten…Moment, wo ist meine Uhr…also um 15.45 Uhr wieder hier, um dann zum Abschluss noch einen kurzen Blick in das Hochzeitszimmer, der Camera degli Sposi, zu werfen, das sich nicht weit von hier in einem anderen Gebäudekomplex befindet.«

Sie hob kurz den Arm, damit der Luftballon besser zu sehen war.

»Halten Sie einfach Ausschau nach unserem roten Herz. Nur falls jemand vergessen sollte, wie ich aussehe…« Allgemeines Gelächter und schon machte sich die Gruppe im Entenmarsch davon.

Er selbst blieb zurück und staunte darüber, wie es der Lady gelang, mit so hohen Stiefelabsätzen über die alten, glatten Flusssteine zu laufen, ohne zumindest einmal umzuknicken oder zumindest lächerlich zu wirken. Wahrscheinlich, so scherzte er in sich hinein, kamen die meisten Italienerinnen schon mit High Heels auf die Welt. Er musste lachen bei dem Gedanken.

*Ich legte die Bälle zurück in den Beutel und lief durch die überdachten Arkaden bis vor zum alten Turm. Von dort aus weiter über den Erholungspark, dann hinunter zum großen See und an der Stadtmauer vorbei wieder hinein in die Altstadt. Vor dem Rigoletto-Haus nahm ich den Regenbogenring und ließ ihn kreiseln. Ich wartete bis seine Umdrehungen langsamer wurden, holte die zweite Straßenkreide aus dem Leinensack und malte genau dort, wo der Ring zum Liegen kam, einen Kreis auf das Pflaster. Ihn füllte ich orange aus und setzte mich hinein. Im Lotussitz und mit betenden Händen trug ich das Gedicht vom Seiltänzer vor.*

*»Ein Seiltänzer, der kennt sein Ziel,*
*sein Ziel ist ein Zusammenspiel*
*Sein Tanz die Liebe ohne Raum,*
*sein Seil ein Traum von Baum zu Baum*

*Wo alles Leben Freiheit ist*
*Ein Kuss die Tür zur Zweiheit ist*
*Die Himmelskraft die Dreiheit ist*
*Wo alles Leben Einheit ist*
*Wo stille Nächte heilig sind*
*Das Christuslicht das Herz durchdringt*
*Nicht nur zur frommen Weihnachtszeit*
*An jedem Tag! Allzeit bereit!*

*Ein Seiltänzer, der kennt sein Ziel,*
*sein Ziel ist ein Zusammenspiel*
*Und fällt er aus dem Gleichgewicht,*
*fängt ihn die Liebe und das Licht.«*

Ganz am nördlichen Ende der Piazza Sordello, am Dom vorbei, entdeckte Wassermann das große ›T‹ eines Tabakladens und besorgte sich zwei Schachteln Lucky Strike, die er links und rechts in seinen Jackentaschen vergrub. Kaum hatte er den Shop mit seinen Pfeifen, Shishas, Fußballflaggen, seiner Lottoannahmestelle und seinen längst überholten Souvenirs wieder verlassen, wäre er fast über einen weißen, zotteligen Norfolk Terrier gestolpert, der direkt vor der Ladentür auf dem Rücken lag und alle Viere weit von sich streckte. Er konnte ihm gerade noch ausweichen, da drehte sich der Hund auch schon um und trottete kläffend um die Ecke. Er folgte ihm, um abzuklären, ob dort seine Besitzer wohnten und staunte nicht schlecht, als er sich plötzlich in einem kleinen, begrünten Innenhof befand, wo die gusseiserne Skulptur des Narren stand, die ihm bereits auf dem Buchdeckel seines Stadtführers aufgefallen war. Er ging ein paar Schritte zurück, um sich das Anwesen von außen anzusehen und las, dass er sich direkt vor der Casa di Rigoletto befand und die Statue den traurigen Hofnarr aus Verdi`s berühmter Oper darstellte.

»Jaja, das waren noch Zeiten als die Gaukler den Mächtigen die Leviten lesen durften.«

Joseph Wassermann drehte sich um und blickte in das weise, faltige Gesicht eines Mannes, der soeben dabei war, den Rigoletto mit einer Digitalkamera in die Mitte seines Displays zu zoomen. Da weit und breit niemand anderer zu sehen war, ging er davon aus, dass diese tiefe, männliche Stimme entweder mit sich selbst oder aber mit ihm redete. Obwohl er nicht auf dessen Worte reagierte, kam der Mann zwei Schritte näher und zeigte ihm ein weiteres Narrenmotiv, das er auf seiner Fotokamera gespeichert hatte. Zu sehen war ein, dem ersten Eindruck nach, leichtfüßiger, blonder Jüngling, der am Rande eines Abgrunds tanzte und der ihn seltsamerweise an das Märchen von *Hans im Glück* erinnerte. Er trug ein buntes Gewand, einen Wanderbeutel über der Schulter und eine Feder im Haar. Zu seinen Füßen lag ein kleiner weißer Hund und über seinem Haupt lachte eine strahlende Sonne vom Himmel.

»Aha, wer soll das sein?«, fragte er.

»Der Narr«, antwortete der Mann wie aus der Pistole geschossen. »Das Symbol für Neubeginn. Sind Sie denn bereit für einen Neubeginn?«

»Ich? Wieso? Warum Neubeginn?«. Er wusste nicht, was den Fremden das anging.

»Weil es an der Zeit ist«, sagte der. »Öffnen Sie sich und seien Sie frei! Die Welt gehört Ihnen, mit all ihren Möglichkeiten. Keine Angst, blicken Sie einfach immer nur nach vorne! Springen Sie, mein Herr! Springen Sie! Denken Sie nur immer daran, dass es im Leben nicht darauf ankommt, immer mehr, sondern darauf, immer weniger zu wollen, dann kann Ihnen überhaupt nichts passieren.«

Noch bevor Joseph Wassermann auch nur einen Ton erwidern konnte, wandte sich der Fremde ab und ging davon. Nur das leise Geräusch des Objektivs war noch zu hören, das sich beim automatischen Abschalten der Kamera surrend einzog.

»Nein, oder? Was`n der für einer?«

Doch Rigoletto hatte keine passende Antwort parat und auch der kleine Hund war nicht mehr da. Dafür aber der lächelnde Künstler, der vor dem Haus einen neuen Kreis auf den Gehsteig zeichnete. Diesmal mit Orange. Joseph Wassermann sah gerade noch, wie er sich in den Hula-Hoop-Reifen setzte und die Hände faltete, dann betrat er den mächtigen Palazzo Ducale, den er erst zwei Stunden später mit leichter Wut im Bauch wieder verließ.

Klar, der Palazzo war einen Besuch wert und hätte er mehr innere Gelassenheit verspürt, er hätte sich gut und gerne einen ganzen Tag lang in den Gemäuern aufhalten können. Jeder Trakt, jeder Gang, jeder Hof und jedes Zimmer waren einzigartig und, wie so oft in Italien, ein Mekka für Kunsthistoriker und Museumsliebhaber. Er konnte sich nicht erinnern, jemals so intensiv in andere Zeitepochen versetzt worden zu sein. Schon im Corte Vecchia, dem ersten und ältesten Kern des Komplexes, wurde er unweigerlich ins tiefste Mittelalter geworfen. Was wohl auch an dem Gemälde lag, mit dem sich die Besucher gleich zu Beginn konfrontiert sahen. Ein von Domenico Morone handsigniertes Werk aus dem Jahre 1494, das die Vertreibung der Bonacolsi durch die Gonzagas zeigte und auf dem man sehr gut erkennen konnte, dass sich die Piazza Sordello mit ihren Palästen und ihrem Dom bis zum heutigen Tag nicht großartig veränderte. Wer in die historische Altstadt von Mantova kam, kam immer auch mit dem Geist ihrer Geschichte in Berührung. Speziell hier im Palazzo, der über drei Jahrhunderte hinweg erbaut, ausgebaut und immer wieder erweitert wurde. Alle Gebäude waren durch Korridore und Galerien verbunden, immer wieder tauchten kleine Höfe oder prachtvolle Gärten auf und jeder der vielen Säle, Räume und Zimmer war ein Kunstschatz für sich. Mit Fresken, Gemälden, Skulpturen, architektonischen Spielereien und natürlich der berühmten Camera degli Sposi. Doch wegen ihr war Joseph Wassermann nicht hier. Er wollte nur das Labyrinthzimmer finden, von dem ihm dieser verrückte Buchhändler erzählte. Um dorthin zu gelangen musste man den Palast so durchlaufen, wie es für Besucher vorgeschrieben war. Mit Nummern, Pfeilen und Hinweisen, die von einem Raum zum nächsten und zum nächsten und zum nächsten führten. Verließ man diese Route, kam auch schon aus einer versteckten Ecke ein Aufseher hervor und brachte den Verirrten zurück auf den richtigen Weg. Was Sinn machte, denn der vierunddreißigtausend Quadratmeter große Komplex war ein Dorf für sich. Eigentlich eine Stadt in der Stadt, umgeben von dicken Mauern, die unter fünfhundert Räumen nicht nur ein kleines Labyrinthzimmer in sich trug, sondern die selbst ein einziges Riesenlabyrinth war, aus dem Joseph Wassermann ohne Wegweiser nur sehr schwer wieder herausgefunden hätte.

Seine Suche führte an dem Morone-Gemälde vorbei durch einen langen Korridor direkt in die vier Räume des Appartamento della Guastalla und schon hier lief es ihm kalt den Rücken herunter. An den mit Fresken verzierten Wänden hingen die Portraits sämtlicher Mitglieder des Gonzaga-Clans. Detailtreue, blasse Gesichter, die ihn von allen Richtungen anstarrten, ganz so als wollten sie ihn mit strengen Blicken darauf hinweisen, dass sie es gar nicht sooo gerne sahen, wenn wildfremde Menschen in ihren privaten Familiengemächern umherstreunten. Auch die versteinerte, aufgebahrte Leiche von Alda D'Este im zweiten Raum ließ ihn erschaudern und wären nicht plötzlich zwei andere Besucher ebenfalls in diesen Raum gekommen, er hätte den Palast schon hier Hals über Kopf wieder verlassen. Doch es gab kein Zurück, auch darauf wiesen die unauffälligen Aufseher freundlich aber bestimmt hin und zeigten auf die Wegweiser, die ihn schon nach kurzer Zeit an den ›Rittern der Tafelrunde‹

vorbei in den folgenden Trakt leiteten, wo sich die im Ehrenhof erbaute Neue Galerie befand. Hier war unter anderem Erzengel Michael zu sehen war, wie er Lucifer besiegt.

Weiter ging es zum nächsten Appartement, dessen Wände insgesamt neun Gobelins schmückten, die den Leben des heiligen Paulus und des heiligen Petrus gewidmet waren. Gleich daran schloss sich die ›Sala degli Arcieri‹ an, ursprünglich die Kapelle dieser Gemächer, mit überwältigenden Kunstwerken wie die *Anbetung der Dreiheiligkeit* von Pieter Paul Rubens und *Das Wunder der Brot- und Fischvermehrung* von Domenico Fetti.

Spätestens jetzt wurde ihm hier alles zu viel. Er war kein großer Religionskunstkenner und die Energie, die von diesen brachialen Räumen und ihren martialischen Bildern ausging, schnürte ihm die Kehle zu. Gott sei Dank nur für kurze Zeit, denn schon der angrenzende Spiegelsaal ließ aufatmen. Er setzte sich auf eine der gepolsterten Besucherbänke und betrachtete sich in einer der reflektierenden Glasflächen. Himmel, was tat er hier? Er dachte an Frau Eicher, an ihren verstorbenen Mann, an den Mönch und an die Schrift, die er suchte. Auch der Straßenkünstler tauchte in seinen Gedanken auf, der in diesem Moment draußen im Schneidersitz in seinem orangenen Kreis saß und dichtete. Warum erst rot und jetzt orange? Und wo war jetzt endlich dieses Labyrinthzimmer? Wieder blickte er nach oben, wo sich zwischen dem ›Reiter der Nacht‹ und dem ›Reiter des Tages‹ der ›Rat der Götter‹ zusammentraf und er sah vier weiße Pferde und eine weibliche Gestalt, die mit einem Finger in jene Richtung zeigte, die durch das düstere Zimmer der Giuditta in genau den Raum führte, den er suchte.

Endlich trat er über die Schwelle dieses einen Zimmers, in dem ein goldenes Labyrinth fast die komplette Decke ausfüllte. Hier also war der Ort, an dem er einen Hinweis auf die Wahrsagerin und ihre Schrift bekommen sollte? Er suchte den Eingang des aufgemalten Irrweges und verfolgte mit seinen Augen den weiteren Verlauf. Es war kein Labyrinth mit Abzweigungen und Sackgassen, so dass die Linien seine Sichtweise von rechts oben nach links oben und von dort aus nach links unten und hinüber nach rechts unten ganz zwangsläufig zum Mittelpunkt lenkten. Dort verharrte er, glaubte auch ein kleines Symbol zu erkennen, doch einen konkreten Hinweis, der ihm weiterhelfen konnte, fand er nicht. Er beugte den Kopf wieder zum Boden, hielt sich beide Hände vors Gesicht und konzentrierte sich auf seine Frage. Gab es in Mantova eine Wahrsagerin, die ein seltenes, wertvolles Buch hütete? Dann atmete er ein paar Mal tief durch, richtete seinen Blick wieder auf die Mitte des Labyrinths und wanderte mit seinen Augen die Linienführung zurück zum Ausgang, der zugleich Eingang war. Doch eine Antwort war weit und breit nicht in Sicht.

Joseph Wassermann drehte sich wieder einmal im Kreis und gab auf.

Er lief schnellen Schrittes weiter, wollte nichts wie 'raus aus diesem Palast. Dabei durchquerte er das Zimmer von Amor und Psyche genauso uninteressiert wie die Loggetta der Heiligen Barbara mit ihren zahlreichen, wundervollen Engelsbildern. Doch dann, im ›Saal des Zodiaco‹, blieb er ganz plötzlich stehen. Es war nicht nur die luftige, sparsame Darstellung der Tierkreiszeichen, die ihn erleichterte, es war vor allem das prachtvolle Gewölbe, das ihn faszinierte. Ein unfassbar schönes, azurblaues

Deckengemälde mit dem Titel *Nacht.* Traumhafte Gestalten, unzählige Sterne und in seinem Zentrum Dianas Kutsche, dessen Wagenrad die goldene Mitte bildete. Wahrscheinlich verlor er hier so viel Zeit, denn er musste ziemlich lange inmitten dieses Raumes gestanden sein und nach oben geblickt haben. Ganz so, als hätte ihn die *Nacht* in sich verschlungen. Fünfzehn Minuten, zwanzig Minuten, vielleicht eine halbe Stunde? Er konnte es nicht einschätzen, sein Zeitgefühl war völlig außer Kontrolle. Erst das lästige Vibrieren des Handys holte ihn in die Realität zurück. Wieder versuchte ihn seine Lektorin zu erreichen, doch er ignorierte sie ein weiteres Mal. Nicht zuletzt auch deswegen, weil es im Palast verboten war, zu telefonieren und überhaupt…pfeif auf Rossetti!

Nur die Uhr auf seinem Telefon, die war in diesem Moment sehr nützlich, denn sie erinnerte ihn daran, dass er keine Zeit mehr zu verlieren hatte. Nein, er musste unbedingt noch einmal zurück zu diesem Labyrinth! Irgendetwas hatte er übersehen. Von den Aufsehern unbemerkt tastete er sich durch den Falkensaal und durch das Studierzimmer der Mohren an den vier Elementen Feuer, Erde, Wasser und Luft vorbei zu ›Amor & Psyche‹ und schließlich wieder zur Türschwelle des Labyrinthzimmers. Erst jetzt fielen ihm die vier Wandgemälde auf, die das goldene, silberne, bronzene und eiserne Zeitalter der Welt darstellten. Er sah noch einmal nach oben, kniff die Augen zusammen und wanderte mit seinen Blicken die Wege des prachtvollen Labyrinths entlang. Ja, jetzt endlich entdeckte er sie! Die goldenen Buchstaben, die auf den grünen Wegen aufgemalt waren und die er auf dem Hinweg aus unerklärlichem Grund übersehen haben musste:

»Forse che si; forse che no.«
»Vielleicht ja, vielleicht nein.«
Ein echter Witzbold, dieser Buchhändler.

*Als ich meine Sachen hinüber zum Dante-Platz brachte, lief mir Ayasha über den Weg. Sie sah unglücklich aus. Ihre Augen waren stumpf und ich sah ihr an, dass sie nur mit Grauen zur Nachtschicht ging. Vor gut vier Jahren schlug sie sich mit ihrem kleinen Sohn von Aleppo bis nach Italien durch. Erst über die Grenze in die Türkei, dann weiter nach Griechenland und schließlich an der albanischen und kroatischen Küste entlang bis nach Triest. Die reinste Hölle. Erst drei Tage zuvor töteten sie ihren Mann, hielten ihr ein Gewehr an den Kopf und forderten sie auf, innerhalb von zwei Minuten ihre Sachen zu packen und zu verschwinden. Nein, sie packte ihre Sachen nicht. Sie riss ihr Kind aus dem Schlaf und rannte los.*

*Ich nahm sie in die Arme und schenkte ihr ein kleines Stück Herzenswärme. Auch mein Erspartes gab ich ihr. Dann legte ich den Regenbogenring zu Dantes Füßen, malte mit Kreide einen gelben Kreis auf den Weg und entzündete das Feuer.*

Es war kurz nach sechs und so langsam brach der Abend über die ohnehin sehr gräuliche Atmosphäre der Stadt ein. Ja, er ärgerte sich wirklich, vor allem über sich selbst. Klüger wäre es gewesen, erst mal die Bibliothek aufzusuchen, von der ihm diese Frau Eicher erzählte.

Da die Teresienbibliothek nicht im Stadtführer beschrieben war, wusste er nicht, wo genau sie sich befand und er fragte die Verkäuferin eines Souvenirgeschäfts nach dem kürzesten Weg. Sie zeichnete die Route auf dem Stadtplan ein und er bedankte sich mit dem Kauf einer kleinen Rigolettofigur, die künftig in Gesellschaft vieler weiterer Staubfänger sein Regal oder seinen Schreibtisch schmücken durfte. Es war ein Katzensprung, er musste nur einige Meter weiter in die Via dell`Academica einbiegen und schon tat sich nach etwa zwei Gehminuten die Piazza Dante Aligheri auf. Ein nicht sehr großer, aber ruhiger Platz mit einer übergroßen Dante-Statue inmitten einiger Parkbänke. Gleich daneben lag das Eingangsportal der Bibliothek, der die Mantovaner dankbar den Namen Teresiana gaben, weil es Kaiserin Maria Theresia war, die der Stadt seinerzeit die Bibliothek zum Geschenk machte und deren weit über vierzigtausend antike Bücher einen unbezahlbaren Schatz ausmachten. Wassermann ließ sich auf eine der Bänke fallen, zündete sich eine Lucky an und legte den aufgeschlagenen Straßenplan über die Oberschenkel. Erst jetzt fiel ihm auf, dass der Stadtkern von drei Seen umgeben war und dass er sich auf einer Art Insel befand, die nur im Süden nicht von einem vierten See, sondern von einem kleinen Kanal abgegrenzt wurde, welchen die Bewohner Mantovas augenzwinkernd ›Fluss‹ nannten.

Er rauchte die Zigarette nicht ganz zu Ende, legte sich ein ›Fisherman`s Friend‹ auf die Zunge und öffnete die große, gläserne Tür. Kein Mensch war zu sehen, nur weiter hinten, auf der linken Seite des Flurs, fiel ein Lichtstrahl in den dunklen Korridor. Er klopfte kurz an die Tür, trat ein und traf auf eine etwa gleichaltrige Frau, die hinter einem Schreibtisch saß, Mails beantwortete und etwas erschrocken aufblickte.

»Guten Abend.«

»Buonasera, Signore, was kann ich für Sie tun?«

»Ich hoffe sehr, dass Sie was für mich tun können. Ich bin auf der Suche nach einer Schrift, die angeblich im Besitz Ihrer Bibliothek sein soll.«

»Da müssten Sie bitte morgen noch mal kommen. Mittwochs haben wir am Nachmittag eigentlich immer geschlossen.«

»Nein, bitte verstehen Sie mich nicht falsch. Ich suche nicht ein Buch zum Ausleihen, auch nicht zum Studieren, sondern ich suche ein Manuskript, dass es wohl nur ein einziges Mal auf dieser Welt gibt. Es handelt sich um die Überlieferung einer über 2000 Jahre alten, womöglich indischen Schrift, die der Teresien-Bibliothek vermacht wurde. Angeblich von einem Sprachforscher.«

»Wie kommen Sie darauf, dass sich ein solches Werk ausgerechnet hier bei uns befindet?«. Die Dame stand auf und sah ihn an. Eine gewisse Skepsis lag in ihren Augen.

Er erzählte ihr mit wenigen Worten die Geschichte von Sylvia Eicher und ihrem verstorbenen Mann, der die ursprüngliche Sanskritschrift zu Gesicht bekam und im Zuge dessen von der westlichen Übersetzung hörte.

»Wissen Sie denn, wie dieses Buch heißt oder wer sein Autor ist?«

»Nein, leider nicht. Ich weiß nur, dass ich nichts weiß«, antwortete er leicht resigniert.

»Uno momento, per favore.«

Die Frau ging zurück zu ihrem Tisch und telefonierte. Sie sprach, zumindest für seine Italienischkenntnisse, viel zu schnell, außerdem glaubte er, einen ganz speziellen Dialekt herauszuhören. Dann aber legte sie den Hörer auf und meinte:

»Ja, Sie haben Recht, da gibt es ein Buch, das auf Ihre Beschreibung passt. Allerdings handelt es sich dabei nicht um eine indische Prophezeiung oder ähnliches, sondern um eine Erzählung, die sich zurzeit aber leider nicht in unserem Bestand befindet. Sie müssen wissen, der alte Saal der Bibliothek war über Jahre geschlossen und jedes einzelne Buch, auch jedes Regal und jeder Schrank wurde akribisch restauriert. Erst im Frühjahr konnten wir unser Haus wieder für die Öffentlichkeit öffnen, doch noch immer fehlen uns hunderte von Exemplaren, die wir verschiedenen Experten zur Begutachtung oder auch zur Wiederherstellung mitgaben. Darunter wahrscheinlich auch dieses Buch. Tut mir wirklich leid, aber wenn Sie im kommenden Jahr noch mal nachfragen, dann haben wir es vielleicht schon wieder zurückbekommen.«

»In einem Jahr erst? Wie schade!«. Er fragte sich, wie er diese Botschaft Frau Eicher vermitteln wollte, ohne sie dabei zu enttäuschen. Doch schließlich hakte er nach.

»Aber vielleicht können Sie mir sagen, bei wem es sich gerade befindet? Könnte es eine Antiquitätenhändlerin sein, die mit der Begutachtung der Schrift beauftragt wurde? Oder eine Wahrsagerin?«

Die Frau lachte kurz.

»Eine Wahrsagerin ganz sicher nicht. Aber bitte haben Sie Verständnis, ich kann und darf Ihnen keine Namen nennen. Es handelt sich bei unseren Exemplaren um sehr wertvolle Schätze, die zum Teil streng bewacht werden. Kommen Sie zu einem späteren Zeitpunkt wieder, dann dürfen Sie es sehen.«

»Va bene! Dann bedanke ich mich trotzdem ganz herzlich für Ihre Mühe.«

»Sehr gerne«, gab die Frau zurück. »Und wenn Sie nur mal unsere altehrwürdige Bibliothek sehen möchten, hier sind unsere Öffnungszeiten«.

Sie drückte ihm einen Flyer in die Hand und begleitete ihn zur Tür. »Diamante di Mantova«, sagte sie noch.

»Wie bitte?«

»Die Geschichte, die Sie suchen, sie heißt so…«

»Diamante di Mantova?«

»Diamante di Mantova«, bestätigte sie.

Draußen, vor der großen, beleuchteten Dante-Statue, stand er wieder. In einem gelben Kreis. Er lächelte, warf brennende Fackeln durch die Luft und spuckte Feuer in den nebligen Vorabendhimmel. Verfolgte der Gaukler ihn?

## 12

Stella Consolati saß bereits in dem kleinen Park hinter dem Palazzo und wartete darauf, dass Chiara Bianchini ihre Reisegruppe verabschiedete, zum gemeinsamen Treffpunkt kam und ihr schon von weitem zuwinkte.

»Ciaaaoooo bellissima!«, rief sie ihr entgegen.

»Hallo, meine liebe Stella. Wie ich mich freue, dich zu sehen! Toll siehst du aus.«

»Naja, so toll wie man halt aussieht, wenn man die meiste Zeit in einem stickigen Büro verbringt und täglich Streithähne um sich schart«, lachte die Anwältin.

»Aber immer noch besser als mit geldgeilen Säcken die Nächte zu verbringen und immer so zu tun als wäre alles paletti.«

Trotzdem, die Wiedersehensfreude war groß, was kein Wunder war, hatten sich die beiden Freundinnen doch eine gefühlte Ewigkeit nicht mehr gesehen. Zuletzt vor drei Jahren bei einem gemeinsamen Sommerurlaub an der ligurischen Küste.

Chiara zog ihren Mantel aus und legte ihn zusammen mit ihrer Tasche auf die Bank.

»Ach komm«, sagte Stella, »was ist los mit dir? Ich dachte, du liebst deinen Job. Schau` dich doch mal an, die Männer müssten sich ja zu dir hingezogen fühlen wie die Motten zum Licht. So sexy, wie du immer aussiehst…«

»Jaja, lassen wir das«, stöhnte Chiara und löste den mit Gas befüllten Ballon von ihrem Armgelenk. Das rote Herz flog höher und höher und ließ sich vom Wind weit über die Dächer Mantovas davontragen bis es als kleiner Punkt in der Abenddämmerung verschwand.

»Nein, bitte, dir liegt doch was auf der Seele. Vielleicht darf ich dich an unser letztes Telefongespräch erinnern. Da hast du dir wegen Maurizio die Augen ausgeheult.«

»Maurizio, Maurizio…hör` mir bloß auf mit diesem Arschloch«. Chiara Bianchini schimpfte und fluchte wie eine Sonnenanbeterin, die morgens aus dem Fenster sah, um festzustellen, dass es regnete.

»Warum? Was hast du denn auf einmal gegen ihn?«, wollte die Freundin wissen, doch Chiara war es peinlich, darüber zu reden. Doch dann besann sie sich. Wem sollte sie es sonst erzählen, wenn nicht ihr?

»Er vermittelt mir keine anständigen Kunden mehr. Seit ein paar Wochen arbeitet er immer öfter mit Frauen aus Osteuropa zusammen. Alle meine Stammkunden sind mittlerweile weg. Ich hab` einfach den Verdacht, dass er sie an seine Rumäninnen weiterleitet, die eine viel höhere Provision an ihn abdrücken wie ich. Dieses Dreck…naja…lassen wir das…«

»Meinst du wirklich, dass er so tickt?«, fragte Stella. »Ich mein`, es war doch Maurizio, der dich damals auf der Straße aufgabelte und dich für seine Begleitagentur ins Boot holte.«

»Ja, damals. Heute lässt er mich fallen wie eine heiße Kartoffel.«

»Ist denn irgendetwas vorgefallen zwischen euch? Ihr habt euch doch eigentlich immer ganz gut verstanden. Schließlich warst du sein bestes Pferd im Stall.«

Chiara zögerte die Antwort eine Weile hinaus, doch dann ließ sie Dampf ab.

»Er wollte mich vögeln! Einfach so, ohne Bezahlung. Schnell mal kurz in seinem Büro. Er hielt mich sogar eine Zeitlang am Arm fest und wollte nicht mehr loslassen.

Was glaubst du eigentlich, wen du vor dir hast, brüllte ich ihn an. Deine Leibeigene? Deine Sklavin??? Dann riss ich mich los und stürmte `raus. Das war`s. Seitdem ignoriert er mich oder schustert mir nur so Ein-, Zweistundenjobs mit irgendwelchen perversen Typen zu. Da kann ich ja gleich im Bordell arbeiten. Mit seriösem Escort hat das alles nichts mehr zu tun. Sorry, aber das mache ich nicht mehr mit!«

»So ein Arschloch«, schimpfte nun auch Stella.

»Sag` ich doch, Arschloch…«

»Und was willst du jetzt tun?«

»Hinschmeißen. Mir steht das alles bis hier. Ich mag nicht mehr.«

»Hast du dir das wirklich gut überlegt? Du weißt, da steht viel auf dem Spiel. Das ist ein richtig gut bezahlter Beruf. Nicht zu vergessen der ganze Nervenstress, der auf dich zukommt. Existenzängste, Streitereien, alles Mögliche…«

»Ich weiß, aber wenn ich jetzt nicht den Absprung schaffe, bin ich für den Rest des Lebens ein seelisches Wrack. Ich vertraue ihm einfach nicht mehr und, was noch viel schlimmer ist, ich vertraue mir selbst nicht mehr. Ich kann doch nicht mein Leben lang meinen Körper verkaufen. Das bin doch nicht wirklich ich. Du darfst nicht vergessen, ich werde in zwei Jahren Vierzig.«

Sie wartete auf die Reaktion von Stella, die aber erst mal nicht kam.

»Was ist los? Hat`s dir die Sprache verschlagen?«

»Irgendwie schon, ja. Weiß er denn das schon?«

»Was?«

»Dass du das Handtuch werfen willst«

»Ja, ich habe es ihm vor ein paar Tagen gemailt. Und was passierte? Ich hatte im Handumdrehen die komplette Sippe am Hals. Vater, Mutter, Schwester, Cousinen, Neffen, alle. Sogar seine Frau!«

»Seine Ehefrau? Ich glaub`s ja nicht«

»Ja, völlig wahnsinnig. Ich würde den Ruf der Firma und die Ehre seiner Familie aufs Spiel setzen und lauter so schwachsinniges Zeug…«

»Was bitte hat denn die Familie damit zu tun?«

»Keine Ahnung, aber ich denke mal, dass diese Escort-Agentur fest in den Händen seines ganzen Clans ist. Apulische Mafia oder so«

»Porco dio! Und wenn du wieder zurück kommst? Nach Mantova? Neu anfängst? Als Gästeführerin machst du dich« doch schon ganz gut«, versuchte Stella sie aufzumuntern und kniff ihr dabei leicht in den Arm.

»Ja, mal sehen, kann gut sein. Irgendwas muss jedenfalls passieren«

Sie stand auf, zog zwei Proseccoflaschen aus ihren Manteltaschen und öffnete mit kurzen Zischlauten ihre Drehverschlüsse.

»Ok, wie auch immer das Ganze ausgeht, du weißt, dass ich nicht nur deine beste Freundin bin, sondern auch die beste Anwältin der Welt«, schob Stella nach, dann stießen sie an und schwiegen vor sich hin.

»Weißt du«, griff Chiara das Thema wieder auf. »Ich trenne mich eigentlich nicht von Maurizio, sondern vor allem von mir selbst«

»Wie meinst du das?«

»Ich denke, ich bin längst nicht mehr der Mensch, der ich vielleicht noch vor fünf oder zehn Jahren war. Das ganze Schickimickizeug, der ganze Glanz, die schnellen

Autos, das ständige ›Bella Figura‹. In mir brodelt etwas Einfaches, Natürliches. Eine Art Sehnsucht nach echter, wahrer Liebe. Ohne immer darauf achten zu müssen, dass man Etikette bewahrt oder den Erwartungen der High Society entspricht. Das heißt ja nicht, dass ich plötzlich wie eine verbitterte Feministin in irgendwelchen Öko-Fetzen durch die Gegend renne, aber ganz tief im Herzen bin ich weniger sexy als du glaubst. Erotisch vielleicht, ja, aber nicht sexy.«

»Sehnsucht nach echter, wahrer Liebe? Klingt aber sehr edel...«

»Ist es auch«, fuhr Chiara fort. »Ich bin auch längst schon über den Punkt hinaus, an dem ich anderen die Schuld an allem gebe. Im Endeffekt bin ich selbst diejenige, die all die Jahre nicht wirklich bereit war, sich auf das, was alle immer Liebe nennen, einzulassen. Es fühlte sich einfach viel zu bedrohlich für mich an. Die Ängste, die Trauer, die Wut, die Eifersucht, all die Schmerzen, die dabei zum Vorschein kommen. Also was tat ich? Ich verschanzte mich hinter einer unsichtbaren Wand und ließ nur das zu, was mich nicht wirklich berühren konnte. Flüchtige Affären, kleine Flirts, bezahlte One-Night-Stands. Eigentlich habe ich es mir selbst so ausgesucht und bin grandios gescheitert.«

»Das hört sich furchtbar an, Chiara. Warum bist du so streng mit dir?«

»Nein, das ist nicht furchtbar. All die Jahre haben mich dorthin gebracht, wo ich heute stehe. Und ich bin unendlich dankbar dafür, weil ich dadurch weiß, was ich im Leben will und vor allem, was ich im Leben nicht will. Ein Leben als luxuriöse Edelhure, das auf jeden Fall will ich nicht mehr!«.

»Ach, und was will sie, unsere geläuterte Chiara?«

»Meiner Intuition vertrauen. Inneren Impulsen folgen und nicht ständig den Verstand fragen, ob dieses oder jenes vernünftig ist. Mich öffnen für einen Mann, der mich erst dann bekommt, wenn er mir das Gefühl geben kann, viel lieber mein Herz als meinen Körper zu wollen...«

»Du meinst den Prinzen auf dem weißen Pferd?«, lachte Stella und entschuldigte sich. Sie wollte noch kurz die Besuchertoilette aufsuchen, bevor der Palazzo seine Pforten schloss.

Während Chiara wartend an ihrem Prosecco nippte, musste sie an den hilfsbereiten Zimmernachbarn aus Deutschland denken. Irgendetwas an ihm beeindruckte sie. Waren es seine Augen? Seine Freundlichkeit? Die herbe, holzige Note seines Geruchs? Der Mann hatte etwas Wildes und doch auch was sehr Zartes an sich. Einer, der viel erlebt hatte und trotzdem neugierig geblieben war. Lässig, aufgeschlossen, unrasiert, mit Ecken und Kanten. Nicht so ein aalglatter Business-Schnösel, der glaubte, Liebe mit Dollarnoten kaufen zu können.

»Huhu, bin wieder da.«

Es waren nicht nur Stellas Worte, die sie aus ihrer Gedankenwelt rissen, sondern auch der Typ, von dem sie gerade träumte, denn völlig überraschend kam Joseph Wassermann um die Ecke, dem der Garten mit seiner großen Magnolie bereits am Nachmittag aufgefallen war. Nach seinem Besuch in der Bibliothek wollte er sich kurz hierher zurückziehen, um sich Gedanken über die weitere Strategie zu machen.

»Weißt Du was?«, sagte Chiara Bianchini zu ihrer Freundin. »Ich hätte heute unheimlich große Lust auf ein erotisches Abenteuer…«

»…sagt dir dein innerer Impuls?«

»Nein, sagt mir eine leichte Welle, die sich bis in den Unterleib zieht«, kicherte sie und nickte unauffällig in Richtung Wassermann. Dann schlug sie die langen Beine übereinander, so dass das maisgelbe Strickkleid ein paar Zentimeter nach oben rutschte und den Blick auf ihre halterlosen Strümpfe freigab.

Die Anwältin verstand auf Anhieb.

»Ciao bella, wir sehen uns späääter…!«, trällerte sie.

## 13

»Wen haben wir denn da? Der nette Kavalier aus dem Hotel.«

»Ja, die Welt ist wirklich klein. Buonasera Signora.«

»Und Mantova ein Dorf«, ergänzte Chiara Bianchini.

»Wo haben Sie Ihr rotes Herz gelassen? Es passte so gut zu Ihnen. Und zu Ihrem Trenchcoat.«

»Mein Herz? Sie meinen den Luftballon?«

Er nickte, während ihre grüngrauen Katzenaugen Funken in seine Richtung schickten.

»Hätte ich gewusst, dass ich sie hier treffe, wir hätten ihn gerne gemeinsam fliegen lassen können. Jetzt ist er wohl leider schon über alle Berge.«

Wieder nickte er nur.

»Woher wissen Sie von dem Luftballon? Sind Sie mir gefolgt?«, fragte sie.

»Nein, natürlich nicht. Wirklich reiner Zufall, dass ich Sie hier treffe. Aber ich habe mich heute Nachmittag kurz unter Ihre österreichische Reisegruppe gemischt, doch Sie haben mich leider nicht erkannt.«

»Wie bitte? Sie sind mir ja einer. Ich fass` es nicht«, lachte sie und warf ihr Haar in den Nacken.

»Ich bin so frei« , sagte er und setzte sich neben sie. Ihr fiel auf, dass er ein wenig nervös mit dem Silberarmband spielte, das er am rechten Handgelenk trug.

»Ich glaube, das wird eine klare Nacht«, deutete sie nach oben. »Die Wolken verziehen sich. Ich kann sogar schon den Abendstern sehen.«

Er nahm wahr, wie sich ihre Pupillen weiteten und versuchte ihrem Blickfeld zu folgen.

»Stimmt. Ich sehe ihn auch. Das muss die Venus sein.«

»Das ist die Venus!«, betonte die Lady, holte ein nach unten spitz zulaufendes Flakon aus ihrer Handtasche und bestäubte ihr Dekolleté mit Parfüm. Wieder roch es nach Rosen, Weihrauch und Patchouli. Sein Herz klopfte, die Nähe zu ihr fühlte sich geladen an. Wie die Anziehungskraft zweier Magneten, die kurz davor waren, sich zu berühren.

»Ich freu` mich sehr, Sie zu treffen. Ich bin Chiara.«

»Und ich Joseph.«

Prompt passierte es. Sie reichten sich die Hände und ein kurzer, elektrischer Schlag durchzuckte ihre Fingerspitzen.

»Oha, einer von uns beiden Hübschen scheint unter Hochspannung zu sein.«

»Vielleicht ja auch beide«, hauchte sie. »Joseph ist Ihr Name, richtig? Sie kommen aus Deutschland?«

»Ja, aus Bayern, ganz in der Nähe von München. Sie?«

»Ursprünglich von hier, wohne aber in Süditalien, im Salento.«

»Salento? Sagt mir gar nichts.«

»Im Süden von Apulien. Die Stadt, in der ich lebe, heißt Lecce.«

»Ach ja? Und wie kommt es, dass Sie hier in Mantova Stadtführungen machen?«

»Nun, so alle drei Monate besuche ich für ein, zwei Wochen alte Freunde und meine Verwandten. Dabei übernehme ich dann auch immer gleich für ein paar Tage die Urlaubsvertretung für einen Bekannten, der für das Tourismusamt als Gästeführer arbeitet. Es macht mir einfach großen Spaß, fremden Menschen von unserer kleinen Stadt zu erzählen.«

»Warum dann dieses, nun ja, sagen wir mal, etwas angestaubte Hotel? Sie könnten doch bestimmt auch bei Freunden oder bei Ihrer Familie wohnen.«

Wieder lachte sie auf eine Art, die direkt aus dem Herzen kam.

»Weil dieses Hotel meiner Familie gehört, deswegen.«

»Ach so…«

»Ja, genauer gesagt, meinen Großeltern, aber die sind mittlerweile zu alt, um sich selbst in den Laden zu stellen. Dafür gibt`s jetzt einen Geschäftsführer.«

»Und Ihre Eltern, leben die auch hier?«

»Etwas außerhalb, in Roverbella.«

»Roverbella? Da bin ich heute Vormittag erst durchgefahren.«

»Ja, es liegt ein paar Kilometer nördlich von hier, Richtung Lago di Garda…«

»Ich weiß, ich komme direkt von dort.«

»Vom Gardasee?«

»Meine zweite Heimat.«

Joseph Wassermann erzählte ausführlich von seinen Rossetti-Romanen und seinen Tätigkeiten in Deutschland und Italien. Warum er allerdings hier in Mantova war, verschwieg er besser. Das ging nur ihn und Frau Eicher etwas an. Lieber lenkte er das Gespräch um.

»Im Süden von Apulien, sagten Sie? Salento?«

Sie sah ihm an, dass er nicht wusste, wo das lag.

»Ja, wenn Sie sich Italien als Stiefel vorstellen, dann finden Sie den Salento unterhalb von Bari oder Brindisi.«

Und um dies zu verdeutlichen, legte sie ihr rechtes Bein auf seinen Schoß und fuhr mit ihren langen, roten

Fingernägeln den hohen Lederstiefel bis zu seinem schmalen Absatz entlang. Mantel und Kleid rutschten dabei gefährlich weit nach oben und er erhaschte einen kurzen Blick auf ihren schwarzen Seidenslip.

»Hier, dieser ganze Absatz, das ist der Salento. Und hier unten, an der südlichsten Spitze, da liegt das Ende der Welt.«

Sie nahm ihr Bein wieder weg, lehnte sich aufreizend zurück und versuchte zwischen den Wolken den Abendstern wiederzufinden. Wassermann hingegen tat nur so. In Wirklichkeit stellte er sich vor, wie sie mit ihren hohen Stiefeln nackt auf dem Boden lag und er mit der Zungenspitze ihre kleine Lustperle berührte. Sein Penis bäumte sich dabei auf und wurde hart.

»Das Ende der Welt«, wollte er sagen, doch zuvor musste er ein störendes Kratzen im Hals weghusten. Dann, klar und deutlich:

»Das Ende der Welt? Klingt nach Abenteuer und Romantik.«

»Oh ja, stimmt. Vor allem nach endloser Romantik«, schwärmte Chiara Bianchini. »Wenn Sie mal mit Ihrer Frau eine unvergessliche Reise machen und miterleben möchten, wie sich am Horizont türkisblaues Wasser mit dem hellblauen Leuchten des Himmels vereint, dann kommen Sie zu uns ans Ende der Welt. Der Salento ist wirklich wunderschön. Es lohnt sich.«

»Klingt traumhaft. Fehlt nur noch die Frau, mit der ich das tun könnte«, sagte Wassermann und dachte sich dabei noch nicht mal was. Im Gegensatz zu ihr.

»Das heißt, Sie sind alleine hier in Mantova?«

»Ja, aber nur für eine Nacht«.

»Ich verstehe.«

»Morgen muss ich wieder zurück«, schob er noch rasch hinterher. Die Frage, ob er alleine hier war, stellte ihm Frau Eicher im Sommer auch und das Ergebnis war, dass er nun für Sie hier in einer fremden Stadt einen Auftrag erledigte. Besser er setzte gleich mit einer klaren Ansage Grenzen.

Sie unterhielten sich noch eine Weile über Gott und die Welt. So erfuhr er unter anderem, dass sie Klassik aber auch Rockmusik von Gianna Nannini und Bücher von Umberto Eco mochte. Ferner belog sie ihn, indem sie behauptete, sie betreibe in Apulien eine florierende Modeboutique und wunderte sich darüber, dass sie Hemmungen hatte, diesem Schriftsteller die Wahrheit zu sagen. Seltsam, sie kannte den Mann doch gar nicht!

»Haben Sie die Frau noch gesehen, die vorhin bei mir saß? Sie ist eine befreundete Anwältin. Ich bin mit ihr zum Abendessen verabredet, wollte mich vorher aber noch schnell umziehen. Gehen Sie auch zurück zum Hotel?«

»Nein, noch nicht. Ich möchte mich noch etwas in der Stadt umsehen, bevor die Geschäfte schließen. Aber wenn Sie erlauben, begleite ich Sie noch ein Stück.«

»Ich bitte darum«, sagte sie selbstbewusst, holte einen kleinen Spiegel aus der Pradatasche und übermalte ihre glänzenden Lippen mit einem matten, verführerischen Rot. Dann streckte sie die Hand nach ihm aus und er hielt ihr den Unterarm zum Einhaken hin.

## 14

Schweigend aber innerlich aufgewühlt liefen sie an den Arkaden vorbei zum Piazza delle Erbe, wo Chiara sich von ihm löste und auf einen mittelalterlichen Palast zeigte, dessen sieben Fenster hell erleuchtet waren und Einblick in einen großen Saal mit Kronleuchter gewährten.

»Schau`, dort drüben, der Palazzo Nuovo und rechts davon unser berühmter Uhrturm.«

Wassermann freute sich, dass sie ihn plötzlich duzte und seine Blicke schweiften von den Kristallen des Leuchters weiter zum Turm, an dem eine imposante Uhr angebracht war. Mehrere Lichtstrahler richteten sich auf sie und warfen goldenes Licht über das schräg darunter liegende Restaurant.

»Berühmt?«, fragte er.

»Na gut, berühmt ist vielleicht etwas übertrieben, aber die Uhr ist schon etwas ganz Besonderes. Sie geht auf die Arbeit eines Mathematikers namens Manfredi zurück. Man muss sich das mal vorstellen. Der hat bereits vor über fünfhundert Jahren einen Mechanismus eingebaut, bei dem nicht nur die Stunden, sondern auch die Monate und sogar die Position der Sterne angezeigt werden.«

»Wirklich beeindruckend«, stimmte Joseph Wassermann zu und studierte das Uhrwerk etwas genauer. Mit den zwölf Tierkreiszeichen in seinem Innenkreis, den Planetensymbolen im zweiten, größeren Kreis und den vierundzwanzig römischen Ziffern im Außenkreis erinnerte ihn die Uhr an ein tibetisches Mandala. Nur den Mittelpunkt der Uhr konnte er nicht so richtig einordnen, glaubte aber, eine kleine, goldene Figur zu erkennen, die verkehrt herum auf dem Kopf stand und sich womöglich mit dem Stundenzeiger mitdrehte. Mal sehen, vielleicht stand sie ja morgen, bei helllichtem Tage, richtig herum?

»Ich muss jetzt wirklich los. Falls du noch durch die Geschäfte bummeln willst, musst du dich beeilen. Um sieben machen in Mantova die Läden dicht.« Sie umarmte ihn und küsste ihn rechts und links auf die Wangen. »Wir sehen uns, ok?«

»Ach übrigens, ich mag dein Parfüm. Es verzaubert mich«, flirtete er noch schnell hinterher.

»Hippie Rose von James Heeley, Hundertmilliliter hundertzwanzig Euro. Nur falls du mit dem Gedanken spielst, mir mal ein Fläschchen schenken zu wollen«, kokettierte sie, drehte sich um und bog an der Tourist-Information rechts ab.

Auf der anderen Seite kniete der immer lächelnde Gaukler vor einer Harfenspielerin und zeichnete einen grünen Kreis auf die Straße. Zarte, märchenhafte Töne lagen in der Luft.

*Langsam verdunkelte sich der Himmel. Ich lief zurück zu meinem Versteck, zog den warmen Parka über und holte die Westerngitarre. Auf dem Weg dorthin sah ich, dass Lianna mal wieder in der Stadt war. Sie saß vor der Pasticceria Caravatti auf einem Stuhl und zupfte ihre Engelsharfe. Immer wenn wir uns trafen, musizierten wir, nur schade, dass sie viel zu selten nach Mantova kam. Ich legte den Regenbogenring vor ihre Füße und fing an, ihn mit grüner Kreide auszufüllen. Da Lianna stumm war, reichten ein Lächeln und ein Lied, um unser Wiedersehen zu feiern. Ich stellte mich in den Kreis, wir sahen uns an und spielten das, was wir immer zusammen spielten. Unser gemeinsames Lieblingsstück von Tracy Chapman.*

*»I`ve seen and met angels*
*wearing the disguise of ordinary people*
*leading ordinary lives*
*filled with love, compassion, forgiveness and sacrifice…«*

Joseph Wassermann holte erneut den Stadtplan aus der Jackentasche und versuchte im Licht der Strahler herauszufinden, welche Wege zurück zum Hotel führten. Wenn er nicht wieder an der Basilika vorbei, sondern vom Uhrturm aus links abbiegen und an der Via Orefici entlang bis zum ›Fluss‹ laufen würde, musste er sich nur am Kanal Richtung Westen orientieren, um direkt wieder am *Albergo Italia* zu landen. Zwar war rund um die Piazza delle Erbe mehr Geschäftigkeit, aber er hatte ja jetzt Zeit und liebte es, in fremden Städten die Gassen abseits der Hauptstraßen zu erkunden. Doch ganz so unentdeckt und abgelegen wie er dachte, waren die Seitenwege gar nicht. Auch hier gab es zahlreiche Shops und Ateliers. Nur eben nicht die großen Marken, wie man sie in jeder Fußgängerzone fand, sondern kleine, liebevolle Läden, die von Schmuckstücken über Wohnaccessoires bis hin zu Schuhen, Lampen, Wein und Bildern all das anboten, was knapp an der Massenware vorbeizielte. Die wenigen Menschen in dieser Straße standen vor ihren Häusern, ratschten, rauchten oder trafen sich zum frühabendlichen Aperitivo. Manche der Schaufenster hatten sogar ihre Rolläden schon herabgelassen, mit kaufkräftiger Kundschaft rechnete um diese Zeit so oder so niemand mehr so richtig.

Laut Plan musste er am Ende der Orefici in die Via Corridoni einbiegen, doch im allerletzten Moment fiel ihm ein kleines, unscheinbares Geschäft auf, das sich etwa zwanzig Meter weiter am Anfang einer überdachten Brücke befand. Der Laden hatte zwar geschlossen, doch im ersten Stock brannte Licht und vor der Tür stand eine

Malstaffelei mit einer holzumrahmten, grünen Tafel und den Worten:

*Täglich um Mitternacht deute ich Ihr Schicksal! Hier, unter dem Dach der Pescherie!*

Da Wassermann mit dem Begriff ›Pescherie‹ nicht viel anfangen konnte, suchte er die Brücke nach einer Person ab, die er danach fragen konnte, doch niemand war in der Nähe. Also ging er weiter und stieß gleich hinter der Überbrückung auf ein nostalgisches Riesenrad. Es war vielleicht zehn, fünfzehn Meter hoch und hatte insgesamt zwölf kleine Sitzgondeln. Ein junger Kerl mit Nerdbrille und dunkelblauer Baseballmütze (NY!) war gerade dabei, das Kassenhäuschen zu öffnen.

»Entschuldigung. Können Sie mir vielleicht sagen, wo sich die Pescherie befindet?«

»Das hier ist die Pescherie«, antwortete der Mann flüchtig und zog die Tür ein paar Mal zu sich her, bis sie sich öffnete. »Immer klemmt dieses Scheißding«.

Dann zog er den Anorak aus, hängte ihn über den Stuhl und fing an, sein Wechselgeld zu zählen sowie mit einigen Griffen die Lichter des Riesenrads einzuschalten. Ohne auch nur einmal aufzublicken, sprach er weiter.

»Die komplette Brücke mit ihren Gebäuden auf beiden Seiten ist die Pescherie. So heißt dieses Viertel hier. War früher mal ein Fischmarkt, deswegen der Name. Sie fragen bestimmt nach der Wahrsagerin, oder?«

»Ja, richtig, ich las die Tafel dort vor dem Fenster. Da hinten, am anderen Ende der Brücke«

»Dachte ich mir schon. Hab` sie zwar schon länger nicht mehr gesehen, aber wenn sie da ist, dann meistens so um Mitternacht. Können Sie gar nicht verfehlen, eine echte Hexe, die gute Frau…«

Er bedankte sich und kehrte aufgeregt zurück zum Geschäft, wo er auf die kleine Treppenstufe zwischen den beiden Schaufenstern stieg, um einen Einblick in den Laden zu bekommen, doch es war zu dunkel um Einzelheiten zu erkennen. Er glaubte, alte Drucke, zerfledderte Bücher, eingerissene Landkarten und jede Menge Krimskram zu sehen, war sich aber nicht ganz sicher, weswegen er die Taschenlampe seines Smartphones aktivierte und durch die Glasscheibe hindurch in den Raum hineinleuchtete. Weiter hinten, an der Wand, hing ein großer Kunstdruck von Henri Rousseau`s ›Traum‹ mit einer nackten Frau, die von den Grüntönen eines dichten Dschungels umgeben war. Ihm kam sofort der üppige, paradiesische Garten seiner Gardasee-Vermieter in den Sinn. Mit seinen vielen Olivenbäumen, seiner riesigen Bananenstaude, den Orleandersträuchen, den Feigen, den vielen, sattgrünen Palmen, dem auswuchernden Bambus und den grünlichen Eidechsen, die an schönen Sommertagen über heiße Steine huschten.

Ein echtes Ladenschild gab es nicht, doch in den Ecken der Auslageflächen lagen kleine Visitenkarten, auf denen er die Worte *Il Cartiglio Mantovana* entzifferte. Und er blieb er an einem viereckigen Bild hängen, das in etwa die Größe eines CD-Covers hatte und Krishna mit seiner Geliebten Radha zeigte. Die beiden saßen unter einem Baum, hielten ihre Hände und blickten sich tief in die Augen.

Er knipste die Taschenlampe wieder aus und ging ein paar Schritte zurück, um zu sehen, warum im ersten Stock Licht brannte. Die Balkontür war offen. Ein älterer Mann mit Nickelbrille und langen Locken saß an einem Tisch. Wassermann ging noch ein Stück nach hinten und stellte sich auf die Zehenspitzen. Es sah fast so aus, als begutachtete der Mann mit einer Leselupe eine Schrift, die vor ihm lag. Er tat dies mit sehr ruhiger Hand und mit allerhöchster Konzentration. Sehr achtsam. Ganz langsam. Fast in Zeitlupe.

Der grunzende Buchhändler. Er war es wirklich.

*Die Straßen der Altstadt leerten sich. Ich suchte die Chiesa di San Francesco auf, wo meine innere Stimme allmählich zur Ruhe kam und vor dem Marienaltar ihr tägliches Mantra betete.*

*»Vater unser, der du bist im Himmel,*
*Geheiligt werde dein Name,*
*Dein Reich komme,*
*Dein Wille geschehe,*
*Wie im Himmel, so auf Erden.*
*Unser tägliches Brot gib uns heute,*
*Und vergib uns unsere Schuld,*
*Wie auch wir vergeben unseren Schuldigern.*
*Und führe uns nicht in Versuchung,*
*Sondern erlöse uns von dem Bösen.«*

*Danach wieder zu den Arkaden an der Piazza Cavalotti, wo ich wieder Gitarre spielte und einen blauen Kreis um mich zog, den ich am Morgen noch nicht benötigte.*

Zurück im Hotel stellte Joseph Wassermann fest, dass Katja Berger ihm mittlerweile mehrere Kurzmitteilungen geschickt hatte. Allerdings gab es tatsächlich nur unten in der Lobby freies WLAN, so dass er sich im Zimmer an die wackelige Tischkante lehnte und ganz konventionell telefonierte. Mit Handy am Ohr, ohne Skype und ohne Video.

»Mensch, Joseph, wo steckst du bloß? Ich versuch` dich überall zu erreichen. Im Büro, am Handy, bei dir zuhause…«. Ihre Stimme klang aufgedreht.

»Ja, sorry, ich bin für ein paar Tage in Italien.«

»In Italien?«

»Ja, in Italien. Was gibt`s denn so Wichtiges?«

»Du bist schon lustig. Hier brennt die Hütte und der gnädige Herr verabschiedet sich mir nichts dir nichts in den Süden.«

»Nur mal ein paar Tage abschalten…«

Er öffnete das Fenster, rauchte und beobachtete durch die Seitenvitrine der Buchhandlung eine Frau, die mit einem Handbesen die Bücherregale abstaubte.

»Joseph, bitte hör` zu«, fuhr Katja fort. »Der Verlag möchte noch mal deine ersten fünf Rossetti-Bände als Hörbuch-Box auf den Markt werfen. Und am liebsten wäre es ihm, wenn du sie selbst liest. Allerdings müsste das noch in diesem Jahr geschehen.«

»Aber die Hörbücher gibt`s doch bereits«, wandte er ein. »Die braucht Ihr doch bloß neu auflegen und in eine nette Schachtel stecken.«

»Ja, aber mit anderen Sprechern. Der Meister glaubt, wenn wir die Geschichten noch mal vom Autor selbst lesen lassen, dann könne man sie besser vermarkten und im nächsten Frühjahr als Ferienpaket in die Regale stellen oder sie über irgendein Gardasee-Portal vertreiben.«

»Rossettis Reise-Box für unterwegs«, lachte er. »Eine echte Meisterleistung.«

Meister, so nannten Katja und er Herrn Töppke, den Verlagschef. Ein väterlicher, gutmütiger Unternehmer, der, sobald Renditen ins Spiel kamen, recht ungemütlich werden konnte. Wassermann dachte kurz nach, wollte aber noch nicht zusagen. Die Vorstellung, sich noch in diesem Jahr tagelang in ein Aufnahmestudio zu setzen und fünf Bücher fehlerfrei zu lesen, widerstrebte ihm. Eigentlich hatte er das Rossetti-Jahr bereits abgehakt. Die letzten drei Monate sollten nur ihm gehören, weg vom Herbstblues und dem bevorstehenden Weihnachtstrubel. Er wollte in sich kehren, Bilanz ziehen, Pläne schmieden.

»Da muss ich mal ein paar Nächte drüber schlafen«, sagte er.

»Ein paar Nächte?«, empörte sich Katja. »Joseph bitte, die warten auf eine konkrete Antwort von mir. Eine Nacht, okay? Ich gebe dir eine Nacht!«

Er versprach, ihr am nächsten Tag Bescheid zu geben, drückte die Zigarette am Fensterbrett aus und ließ sich rückwärts aufs Bett fallen. Zu gerne hätte er Frau Eicher eine gute Nachricht mitgebracht, aber die Aussage der Bibliotheksfrau war ja ein erster Erfolg. ›Diamante di Mantova‹ existierte. Das Buch gab es tatsächlich und es war nur eine Frage der Zeit, bis man es besichtigen, in den Händen halten und lesen konnte. Damit musste sie doch eigentlich zufrieden sein, doch instinktiv spürte er, dass weder sie noch er es wirklich waren. Den ganzen Tag über ging es ihm nur darum, für eine fremde Frau ein fremdes Buch zu finden. Nun wollte er es auch für sich. Nicht nur, weil er Resultate brauchte, sondern weil er plötzlich eine brennende Neugier auf den Inhalt dieser Schrift verspürte.

Er sah auf die Uhr – 20:20 – und sprang auf, um sich das zweite Paar Jeans aus dem Schrank zu holen und sich ein schwarzes Leinenhemd überzuziehen. Dann zog er die braunen, abgeschrammten Lederschnürstiefel wieder an und überlegte, ob er seinen Hut aufsetzen sollte. Ja, Hut war immer gut. Nicht etwa aus modischen Gründen, sondern weil er ihm in schon vielen Situationen das sichere Gefühl gab, alles bleibe an seinem Platz, sollte doch irgendwann einmal sein Kopf explodieren. Schnell etwas Deodorant unter die Achseln, Mantel über den Arm und auf in die Nacht. Katja, Rossetti und das Handy ließ er zurück.

Mittlerweile saß hinter der Rezeption nicht mehr die veronike Frau vom Nachmittag, sondern ein Mann mit Nadelstreifenweste, Fliege und Schnauzbart, der die Nachtschicht übernommen hatte. Kurz überlegte er, ob er ihn nach der Anwesenheit von Signora Bianchini fragen sollte, doch dann fiel ihm ein, dass Chiara ja mit einer Freundin beim Abendessen sein musste. Stattdessen ließ er sich die Visitenkarte eines traditionellen Lokals geben, in dem er sich nicht stundenlang durch Vorspeise, Primo, Secondo und Dessert kämpfen musste. Ein Gläschen Wein und ein Teller Nudeln genügten ihm.

Just in dem Moment, als er das Hotel verlassen wollte, sah er, wie der allgegenwärtige Straßenkünstler am Hotel vorbeilief und seinen Hulla-Hoop-Reifen vor sich her rollte.

»Ach, unser Jesus mit seinem Heiligenschein«, merkte der Mann von der Rezeption ironisch an.

»Wie bitte?«

»Der Typ, der da eben vorbeiging. Zieht jeden Tag durch die Gassen und glaubt, er sei Jesus. Völlig verrückt. Aber ein netter Kerl…«

»Der ist mir heute schon ein paar Mal begegnet. Taucht immer da auf, wo ich auch bin. Jetzt schon wieder.«

»Das geht so ziemlich jedem so, machen Sie sich da keine Gedanken«, beschwichtigte der Hotelangestellte und drehte sich wieder zu seiner Fernsehquizshow, in der nach jeder Preisfrage halbnackte, umoperierte Barbiepuppen selten blöde Cheerleader-Tänze aufführten. Was für ein krasser Kontrast zu den gefühlvollen Klängen des Gitarrenspielers, der unter den Arkaden in einem blauen Kreis saß, mit leuchtenden Augen lächelte und für sich ganz alleine John Lennons *Imagine* summte!

## 19

Das hell beleuchtete Ristorante *Matilde di Canossa* lag an der gleichnamigen Piazza und war durch und durch in Silber gehalten. Tische, Stühle, Teller, Kelche, Platten, Besteck – alles glänzte in silbernen Farben.

»Sie sind alleine?«, fragte der Kellner.

Da es in dem Lokal keine unreservierten Plätze mehr gab, wurde eigens für ihn am Eingang ein kleiner Tisch aufgestellt, mit einem schneeweißen Tuch bedeckt und einer dunkelblauen Spitzkerze geschmückt. Wassermann wählte ein Glas Lambrusco, dazu eine Flasche Acqua Minerale und schlug die Karte auf. Das Restaurant schien wirklich ein guter Tipp zu sein und schnell war klar, dass die Mantovaner Küche es deftig und rustikal liebte. Ob heimische Salamisorten, luftgetrockneter Schinken oder Porchetta aus den Bergen – kleine, regionale Delikatessen waren auf der Karte genauso zu finden wie hausgemachte Reis- und Nudelgerichte oder saftige Schmorbraten bis hin zu Fleisch- und Fischtellern mit Gemüse, Polenta oder Kartoffeln.

»Ich hätte gerne ein typisch mantovanisches Gericht, wenn möglich ohne Fleisch«, äußerte er seinen Wunsch und ahnte bereits, dass der Kellner einen Teller *Tortelli di succa* empfahl. Die mit Kürbisteilen gefüllten Teigtaschen waren bis zum südlichen Gardasee berühmt und schon immer d a s kulinarische Aushängeschild der Region. Dabei wurden die mit Hand angefertigten Tortelli schon am Tage mit kleinen Kürbisstücken befüllt. Der Koch musste nur noch einen weiteren Kürbis von seiner Schale befreien, ihn in hauchdünne Scheiben schneiden und ihn mit wenig Butter in eine beschichtete Pfanne geben.

Während er die Kürbisscheiben so lange garen ließ, bis sie leicht karamellisiert waren, gab er die fertigen Tortelli in reichlich gesalzenes Wasser und ließ sie langsam aufkochen. Parallel dazu wärmte er in einem zweiten Topf ein Stück Butter mit etwas Salbei an, um die Taschen anschließend in der Buttersauce zu baden. Zum Schluss noch geriebenen Käse darüber, mit Kürbis garnieren, fertig!

Eine weitere heimische Spezialität war die *Mostarda,* wie Wassermann erfuhr. Man konnte sie sowohl als Vorspeise, als Beilage zu einem der Hauptgerichte oder mit einer kleinen Käseplatte als Dessert bestellen. Er wählte die letzte Variante und war erstaunt, wie köstlich süße Früchte schmecken konnten, wurden sie zuvor für einige Stunden in Senf eingelegt. Zusammen mit Lambrusco ein wahrer Hochgenuss, auch wenn ihm das zweite Glas so ganz langsam zu Kopfe stieg, so dass er vorsichtshalber noch eine weitere Flasche Wasser bestellte. Als der Ober den Tisch bis auf Gläser und Getränke wieder abgeräumt hatte, breitete Wassermann den Stadtplan vor sich aus und zeichnete mit Bleistift all jene Orte ein, an denen er in den vergangenen Stunden dem lächelnden Gaukler begegnete. Zugleich fiel ihm auf, dass es sich bei der Sant`Andrea-Basilika um ein sehr viel größeres Gebäude handeln musste als es vom Café Mirò aus den Anschein hatte. Er blätterte einige Seiten zurück und las die Beschreibung der monumentalen Kirche, die der Autor als architektonisches Meisterwerk von Leon Battista Alberti würdigte. Hoch interessant auch ihr Ursprung: Der Überlieferung zufolge ging er auf das 9. Jahrhundert zurück, als ein erstes Gebäude errichtet wurde, in welchem die Reliquie des ›Heiligen Blutes Christi‹ aufbewahrt werden sollte. Angeblich brachte der römische Soldat Longino, der Christus auf dem Golgota verletzt hatte, die vom Blut getränkte Erde hierher nach Mantova, wo er sie zunächst versteckte. Acht Jahrhunderte später erst wurden die Gefäße wiederentdeckt und man begann mit dem Bau einer Wallfahrtsstätte, die heute in einer unterirdischen Krypta zu finden war, wo die Reliquie mit dem Blut nach wie vor aufbewahrt wurde.

Joseph Wassermann wunderte sich, dass sich all das bisher noch nicht so richtig herumgesprochen hatte und orderte zum Abschluss einen Café lungo, als plötzlich aus einem der hinteren Räume Stella und Chiara um die Ecke kamen und redselig, vielleicht auch etwas angeheitert, auf den Ausgang zuliefen.

»Da ist er ja, der Detektiv von Zimmer 18. Gerade haben wir von dir gesprochen«. Chiara freute sich sehr, das sah er ihr an.

»Hoffentlich nur Gutes«, fragte er in Richtung Stella, erhob sich vom Stuhl und begrüßte erst sie und dann seine Zimmernachbarin. »So ein Zufall schon wieder. Hab` euch gar nicht gesehen.«

»Die Welt ist klein und Mantova ein Dorf. Haben wir doch heute schon gelernt.«

»Ja, manchmal macht sie sich auch richtig unsichtbar, unsere liebe Chiara«, fügte ihre Freundin noch scherzhaft hinzu und zog sie am Ärmel. »Komm` wir müssen los, die Uhr tickt.«

»Na dann, einen schönen Abend noch euch beiden.«

Und zu Chiara gewandt: »Vielleicht sieht man sich ja beim Frühstück.«

»Vielleicht ja auch schon vor dem Frühstück…«, zwinkerte sie ihm zu.

Er blieb noch ein wenig sitzen und kam sich wie in einer Glaskugel vor, in der das eben noch lautstarke Stimmengewirr der anderen Gäste nur mehr ganz leise und sehr undeutlich zu hören war. Ob er wollte oder nicht, die hübsche Frau vom Ende der Welt verdrehte ihm gerade den Kopf.

## 20

Als er vom *Canossa* zurück zur Cavalotti schlenderte, ging vor dem großen Theater die Post ab. Dank einiger Heizpilze standen jede Menge Menschen zwischen den großen Säulen, die der Frontseite des Hauses die Form eines römischen Jupitertempels gaben. Auf einer Leinwand lief ein Livekonzert von Zucchero und die jungen Serviererinnen hatten alle Hände voll zu tun, den Nachtschwärmern ihre Getränke zu bringen. Es war kurz vor elf und Wassermann hatte Lust, ein, zwei Likörchen zu trinken, bevor dieser ereignisreiche und völlig verrückte Tag durch eine hoffentlich aufschlussreiche Begegnung mit einer Wahrsagerin endete. Um nicht unnötig lange zu warten, ging er direkt ins Foyer und ließ sich dort vom Barista zwei eiskalte Limoncelli reichen. Einen von ihnen kippte er direkt an der Bar weg, den zweiten nahm er mit nach draußen auf die Terrasse, wo er beinahe mit einer hektischen Kellnerin zusammenstieß und die Chance nutzte, bei ihr noch einen dritten zu bestellen. Er hatte unerklärlicherweise das Bedürfnis, sich vor dem Treffen mit der Hellseherin noch leicht und locker zu trinken.

»Komme sofort!«, rief die Bedienung und er fragte sich, wie oft ihr diese beiden Worte an diesem Abend wohl schon über die Lippen gingen. Dann setzte er sich auf einen der letzten freien Rattansessel und beobachtete eine Horde feiernder Studenten, denen man schon von weitem ansah, dass sie die kommende Nacht zum Tag machen würden.

Der dritte Limoncello kam schneller als erwartet und er beeilte sich, zu bezahlen, da die Kellnerin bereits dreimal ihr »Arrivo subito!« in alle möglichen Richtungen warf und dabei sichtlich nervös auf ihren geöffneten Geldbeutel klopfte. Sie steckte den 10-Euro-Schein ein und verschwand in der Menge. In Sachen Wechselgeld hatte es sie dann nicht mehr ganz so eilig, denn er sah es nie wieder.

»Kommt hier noch wer oder ist der zweite Limonenlikör für mich?«, sprach ihn jemand völlig unerwartet von der Seite an. Er musste schon zweimal hinsehen, bis er realisierte, wer ihm da plötzlich Gesellschaft leistete. Es war der Straßenkünstler. Samt Lächeln, Hulla-Hoop-Reifen, Gitarre und durchlöcherten Klamotten.

»Ja sowas, hat der Herr mich mal wieder gefunden?«

»Das hoffe ich doch«, antwortete der Gast und griff zum Glas, das er mit einem Satz austrank.

»Ja, bitte, bedien` dich«, fügte Wassermann noch hinzu, obwohl es so oder so zu spät war.

»Einen echt coolen Hut hast du da auf, gefällt mir« war allerdings alles, was der Gaukler dazu zu sagen hatte. Dann lehnte er sich zurück und schloss für kurze Zeit die Augen. Joseph Wassermann musterte seine langen, dunklen Dreadlocks, den leicht angegrauten Vollbart und seine frischen, fast schon jugendlichen Gesichtszüge. Unglaublich, der war wirklich immer nur am Lächeln. Dann versuchte er, ihn in ein Gespräch zu verwickeln.

»Weißt du was? Ich glaube, du verfolgst mich, kann das sein?«

»Wie kommst du darauf?«

»Weil du mir heute schon mindestens fünf- oder sechsmal begegnet bist. Ich bin erst heute Mittag hier angekommen, aber überall wo ich war, warst auch Du. Das kann doch kein Zufall sein, oder?«

»Wirklich? Du bist mir gar nicht aufgefallen. Wo war ich denn heute schon überall? Lass` mal überlegen…«

»Ich kann dir genau sagen, wo du überall warst. Dort drüben, neben dem Hotel hast du musiziert. Vor der Basilika sah ich dich als Jongleur und am Rigoletto-Haus als Poet. Später traf ich dich mit deiner Feuershow vor der Bibliothek und danach mit der Harfenspielerin beim Uhrturm. Am jetzt, am Abend dann wieder mit deinem Instrument…« – er stieß mit dem Fuß leicht gegen den Gitarrenkoffer – »….da drüben unter den Arkaden. Ist doch eigenartig, oder? Und jetzt sitzt du hier und trinkst mit mir Limoncello. Komm`, erzähl` mir doch nichts…«

Er holte seine Lucky Strikes hervor, steckte sich eine an und hielt dem Gaukler die Schachtel hin, doch der rauchte nicht.

»Warum? Nur weil dein drittes Auge mich hin und wieder sieht, verfolge ich dich doch nicht. Ich bin doch seit Menschengedenken dort, wo du auch bist. Immer und ewig!«

Da war es wieder, sein herzerwärmendes, liebevolles Lächeln.

»Ach so, stimmt, du bist ja Jesus, ich vergaß…«

»Ja, der bin ich«, sagte der Straßenkünstler mit vollster Überzeugung. Dann bedankte er sich für den Likör, packte seine Sachen und verließ die Freiluftbar genauso schnell wie er gekommen war. Leise und unscheinbar, mit einem Charisma, wie Wassermann es zuvor noch nie bei einem anderen Menschen gesehen hatte. Und plötzlich kamen ihm all die notleidenden Menschen in den Sinn. Die Obdachlosen, die Flüchtlinge, die Armen und die Kranken. Wie oft ging man achtlos an ihnen vorbei, ohne ihnen auch nur ein Lächeln zu schenken?

Hier, bei diesem seltsamen Jesus, war es genau andersherum. Er war es, der den Menschen eines schenkte, auch wenn die meisten einen großen Bogen um ihn machten. Irgendwie erinnerte ihn der Rastatyp an einen uralten Baum, der seit Jahrhunderten seine Geschichten erzählte, ganz egal, ob ihm jemand zuhörte oder nicht. Er tat es einfach.

## 21

Der Fußweg vom Theater bis zur Pescherie dauerte keine zehn Minuten, so dass er genau um fünf vor zwölf den Torre di San Domenico erreichte, an dem sich das bunte Riesenrad drehte. Er wollte noch einmal kurz durchatmen und sein beschwipstes Haupt abkühlen, weswegen er sich für einen kurzen Moment in den kleinen Rosengarten zurückzog, der dem Turm zu Füßen lag. Wieder qualmte er eine – er rauchte zu viel! – und lauschte den Worten eines österreichischen Pärchens, das auf der Parkbank neben ihm saß und Pizzaschnitten verspeiste.

»Ich wusste bisher gar nicht, dass es außerhalb Asiens Lotusblumen gibt«, sagte der Mann.

»Gibt es normalerweise auch nicht. Mantova ist eine der ganz wenigen Plätze in Europa, wo sie wächst. Allerdings nur in den Sommermonaten. Dann nämlich setzen die Blüten zarte, rosa Tupfen in den grünen Blattgürtel unten am See. Ein wunderschöner Anblick«, erzählte die Frau mit voller Begeisterung.

»An welchem der Seen?«

»Auf dem Großen See. Wir können ja morgen mal hinlaufen. Mit seinen Wasserwegen und seinen Schilfinseln hat er auch ohne Lotusblüte seinen Reiz.«

Vorne, am Rosenbogen, raschelte es. Bestimmt ein Vogel oder ein Gecko, dachte Wassermann.

»Diese Stadt ist ein einziges Märchen, findest Du nicht?«, bemerkte der Österreicher und biss in sein Pizzastück. Die herunterfallende Artischocke konnte er im allerletzten Moment noch auffangen.

»Ja, Märchen, Mythen und Legenden«, antwortete die Frau und reichte ihm ein Papiertaschentuch. »Auch zu den Lotusblüten gibt es eine traurigschöne Geschichte.«

»Erzähl`!«

»Der Legende nach soll ein junger Mann auf seiner Reise durch den Orient einer wunderschönen Frau begegnet sein, deren Haut zart nach Lotus duftete. Er brachte sie mit nach Mantova, aber die Frau ertrank, als sie sich über den stillen See beugte, um sich zu spiegeln. In seiner Verzweiflung streute der Jüngling Lotussamen in das Wasser, damit er von der Blüte jedes Jahr im Sommer an seine Geliebte erinnert wird.«

»Was du alles weißt…«

»Das hat die nette Gästeführerin erzählt, als wir heute an der Tourist-Information vorbeiliefen. Da hing doch das große Bild mit den Lotusblumen.«

»Wirklich? Hab` ich gar nicht gesehen.«

»Wie auch? Du musstest ja unbedingt mit dieser aufgemöbelten Tussi aus Kitzbühel ratschen.«

»Ah, geh`, jetzt hörst aber auf…«, reagierte der Mann mit schwerem Wiener Dialekt.

Den weiteren Verlauf des Gesprächs bekam Joseph Wassermann nicht mehr mit, weil wie aus dem Nichts der junge Kassenwart aus seinem Häuschen kam, mit seiner Baseballkappe winkte und ihn hektisch zu sich rief.

»Kommen Sie! Kommen Sie!«

Er stand auf und ging nach vorne.

»Sehen Sie? Die Seherin ist da. Sie sitzt dort hinten in der Ecke«. Dabei zeigte er ans Ende der Brücke, dorthin, wo sich der kleine Kartenladen befand.

»Das ist Ihre Chance! Niemand ist bei ihr.«

Es war die gleiche Mitternachtsstunde, in der sich Frau Eicher zuhause in Castelletto in das Atelier ihres Mannes zurückzog und, wie so oft, in einigen der vielen Fotoalben blätterte. Etwa hier die Aufnahmen ihrer gemeinsamen Silberhochzeitsreise nach Ägypten, die sie von Kairo zum Katharinenkloster führte, von wo aus sie mit zwei Beduinen und ihren Kamelen den Berg Sinai erklommen.

Oder die anschließende Nilkreuzfahrt von Luxor nach Assuan, wo sie im altehrwürdigen Old Cataract Hotel übernachteten, das Agatha Christie als Romanschauplatz diente. Unvergesslich auch die lange Marktstraße, wo sie sich mit Duftölen und Seidenstoffen eindeckte, die sie noch Jahre später an Menschen, die ihr am Herzen lagen, verschenkte. Oder hier, das Foto von der kleinen Fähre. War das eine Aufregung, als er bereits an Deck war und sie aufgrund einer Passkontrolle zusehen musste, wie das Boot mit ihrem Mann auf die andere Seite des Nils schipperte.

»Ich warte drüben auf dich!«, rief er zurück zum Ufer. »Schau` dass du die nächste Fähre erwischst!« Dabei streckte er beide Arme in die Luft, winkte mit seinem großen Sonnenhut und strahlte wie ein Kind.

Es war genau dieses eine Foto, das Sylvia Eicher von seinen Klebestreifen löste und bis weit in die frühen Morgenstunden ansah.

●

# Umstieg

## 22

Die Frau am Ende der Brücke hatte etwas Märchenhaftes an sich, deren Gesicht hinter einem violetten, glitzernden Schleier verborgen lag. Joseph Wassermann näherte sich ihr nur sehr zögerlich, lehnte sich erst einmal ein paar Meter entfernt an das Brückengeländer und tat wieder einmal so als wäre er ein uninteressierter Spaziergänger, der nur dem ruhigen Plätschern des Flusses hinterhersehen wollte. Doch die Seherin wusste sofort Bescheid.

»Guten Abend, mein Herr. Ich glaube, wir haben eine Verabredung.«

Kurz erschrak er, drehte sich dann aber zu ihr um und lachte.

»Wir beide? Eine Verabredung? Wie kommen Sie da drauf?«

»Das steht dort oben, in den Sternen«, antwortete sie durch ihren Schleier hindurch und zeigte zum Himmel. Erst jetzt bemerkte er, dass sich im Laufe des Abends die letzten grauen Wolken endgültig verzogen hatten. »Kommen Sie ruhig näher!«

Er ging die wenigen Schritte von der einen Brückenseite zur anderen und nahm auf einem der drei Stühle Platz, deren Sitzflächen mit Lammfell bespannt und um einen runden Tisch herum aufgereiht waren. Mehrere bunte Gläser mit brennenden Teelichtern formten einen flackernden Kreis und in der Mitte des Tisches lag ein Stapel umgedrehter Spielkarten. Über den Schultern der Frau hing eine dunkelblaue Seidenstola, darunter trug sie einen langen, purpurroten Umhang, der bis zum Boden reichte. Sie war von oben bis unten verhüllt. Nur die Augen lagen frei und leuchteten wie blaue Murmeln, die

die zitternden Strahlen der Kerzenflammen reflektierten. Ihre mit schwarzem Kajalstift umrandeten Blicke durchbohrten ihn.

»Und? Möchten Sie eine Karte ziehen?«. Ihre Stimme klang leicht gedämpft, was vor allem dem pailettenbestickten Stück Stoff zu verdanken war, das sich über ihren Mund legte.

»Ja, warum nicht? Aber zuvor würde ich Ihnen gerne eine Frage stellen.«

»Nein, nein«, schüttelte sie den Kopf. »Behalten Sie Ihre Frage für sich. Aber verlieren Sie sie nicht.«

»Ach so, nein, ich meinte jetzt gar nicht eine Frage an die Karten. Sie persönlich wollte ich etwas fragen.«

»Das tut mir leid, Signore, aber ich beantworte keine persönlichen Fragen. Alles was ich für Sie tun kann, ist hier und jetzt aus einer Karte zu lesen.«

Es machte vorerst keinen Sinn, sie nach dem Buch zu fragen. Er spürte es.

»Gut, dann bin ich mal gespannt, was Sie so lesen.«

Sie reichte ihm den Stapel und bat ihn, die Karten zu mischen. Für einen kurzen Moment konnte er sehen, dass die Frau an einem ihrer Finger einen silbernen Ring mit eingefasstem Mondstein trug. Er nahm den Stapel, mischte die Karten wie bei einem Pokerspiel und gab ihn ihr zurück. Wieder kam ihre Hand zum Vorschein, die nun das Päckchen in die Mitte des Tisches zurücklegte. Gleichzeitig forderte sie ihn auf, es in drei, etwa gleich große Mengen zu teilen. Dann schob sie die Spielkarten wieder zusammen und ließ ihn erneut mischen.

»Verlieren Sie Ihre Frage nicht!«, warnte sie und durchbohrte ihn ein zweites Mal. Er gab ihr die Karten neu gemischt zurück und wieder trennte er das Paket in drei Teile. Einen ließ er in der Mitte, einen legte er links davon, den dritten rechts davon. Kurze Pause, dann legte sie den rechten Stapel auf den mittleren und diese beiden schließlich zurück auf den ersten. Und wieder musste er mischen und wieder teilte er die Karten auf, doch diesmal fragte sie, welches der drei Päckchen er gerne hätte. Wassermann entschied sich für die Karten in der Mitte und sie legte die anderen beiden Blöcke zur Seite. Mit ruhiger Hand überreichte sie ihm die restlichen Karten und hielt ihn an, ein letztes Mal zu mischen. Der Packen fühlte sich nun viel schwerer an, obwohl er auf ein Drittel des Gewichtes reduziert war und eigentlich viel leichter sein musste. Er mischte und mischte.

»Sie wissen Ihre Frage noch?«, erinnerte sie und sein Kopf fing an, verrückt zu spielen.

»Das Buch! Wo befand sich dieses Buch?«, sagte er mehrere Male zu sich selbst und mischte so lange weiter, bis die Wahrsagerin ihn stoppte.

»Gut, geben Sie her!«

Sie nahm die Karten wieder zu sich und fächerte sie halbmondförmig aus, mit der Rückseite nach oben.

»Nun ziehen Sie eine Karte. Aber bitte nur mit der linken Hand.«

Er ließ seine Handfläche ein paar Mal wie einen Scheibenwischer über den Fächer gleiten und spürte, dass sich die linke Sichel des Mondes wärmer anfühlte als die rechte. Kurz darauf hielt sich seine Hand nur noch einige Millimeter über dieser einen Stelle auf und ehe er sich versah, berührte er ganz leicht die siebte Karte von links, die sich wie ein hauchdünner Magnet an zwei seiner Fingerkuppen haftete und dort für einige Sekunden hängen blieb. So schnell konnte er gar nicht reagieren, da hatte die Wahrsagerin bereits die anderen Karten zusammengeschoben und in einem Holzkästchen verschwinden lassen. Er gab ihr die letzte verbliebene Karte Karte und atmete tief durch. Sie lag nun alleine und verlassen inmitten der Kerzenflammen, noch immer mit der Rückseite nach oben.

Nun streckte die Seherin beide Arme nach ihm aus und ließ ihn seine Hände in die ihren legen. Das Ritual dauerte nur wenige Momente, kam ihm aber vor wie eine Ewigkeit. Eine spürbare, intensive, fast greifbare Energie baute sich zwischen ihnen auf, während die Karte darauf wartete, umgedreht zu werden. Dann endlich ließ sie ihn los und drehte das Blatt um.

»Ein ständiges Hin und Her!«, seufzte sie.

»Ein ständiges Hin und Her?«, wiederholte er fragend und fixierte die Karte, die zwischen den bunten Lichtern wie durch einen Regenbogen bestrahlt wurden. Vor ihm lag eine schwarzgrau gemusterte Schlange mit goldener Krone auf dem Kopf, die sich selbst in den Schwanz biss! Trotz der zunächst befremdlichen, leicht düsteren Mystik wirkte das Bild keineswegs bedrohlich. Die Mischung aus Blau, Violett und Anthrazit, in der die Schlange in Form einer liegenden Acht harmonisch, fast schlafend eingebettet war, hatte etwas Beruhigendes, Friedliches.

»Ein sehr schönes Bild«, sagte er, auch um die fast schon unerträgliche Stille zu beenden.

»Mit einer sehr deutlichen Botschaft«, fügte die Wahrsagerin hinzu.

»Und die wäre?«

»Ich muss ein bisschen nachdenken. Vielleicht sagen Sie mir erst, was Sie selbst in diesem Bild sehen. Welche Gedanken kommen da bei Ihnen auf?«

»Die Zahl Acht, eine Schlange…«

»Eine Schlange«, unterbrach sie sofort. »Was verbinden Sie mit einer Schlange?«

»Die Vertreibung aus dem Paradies«. Gut, es klang zwar ein wenig einfallslos, es war aber tatsächlich der erste Gedanke, der ihm durch den Kopf schoss.

»Lassen wir das mal so stehen. Auch da ließe sich so einiges dazu erzählen. Darf ich Sie fragen, ob Sie verheiratet sind?«

»Wie bitte? Ich verstehe Sie nicht immer so genau. Ihr Schleier…«

»Ich fragte, ob Sie verheiratet sind?«

»Nein, bin ich nicht«, gab er trotzig zurück. »Verliebt, verlobt, verarscht – doch nicht mit mir.«

Die Seherin konnte darüber nicht wirklich lachen.

»Aber Sie leben in einer festen Beziehung?«

»Feste Beziehung? Nein, ich habe weder eine feste noch eine offene Beziehung. Ich lebe alleine. Für längere Partnerschaften bin ich einfach nicht geeignet. Sobald ich zu zweit bin möchte ich einsam sein und wenn ich dann einsam bin, wünsch` ich mir wieder Zweisamkeit. Ein einziges Dilemma.«

»Ein ständiges Hin und Her«. Jetzt endlich lachte sie, steckte die Karte zwischen Daumen und Zeigefinger und winkte mit ihr als würde sie sich Luft zufächeln.

»Dieses Motiv hier sagt uns aber etwas ganz anderes. Sie lieben dieses Zickzackspiel aus Einsamkeit und Zweisamkeit. Genaugenommen ist es das einzig Beständige in ihrem Leben. Das Problem ist, dass Sie sich die Zweisamkeit immer wieder mit neuen Bekanntschaften teilen.«

Da hatte sie nicht ganz Unrecht. Die vielen Affären in seinem Leben, er konnte sie schon gar nicht mehr zählen.

»Sie haben Angst«, fuhr die Seherin fort. »Angst, sich einzulassen, sich auf einer tiefen Ebene zu verbinden. Angst, dass Ängste hochkommen. Ich muss es so direkt sagen, aber Sie verdrängen Ängste mit Angst!«

»Das lesen Sie aus dieser Karte?«, fragte er verdutzt und hoffte insgeheim, dass er es mit seinem Gegenüber nicht mit einer durchgeknallten Sigmund-Freud-Anhängerin zu tun hatte, die sich in seltsame Gewänder warf und pseudopsychologische Fragen stellte. Doch der eindringliche Blick mit dem sie ihn ansah, zerstreute die Zweifel sehr schnell. Die Frau zog ihn voll und ganz in ihren Bann.

»Das lesen Sie wirklich alles aus dieser einen Karte?«, fragte er noch einmal.

»Ja, und in Ihren Augen lese ich, dass Sie von heute an beginnen, Ihre Ängste nicht mehr mit Angst sondern mit Liebe zu bekämpfen.«

»Meinen Sie wirklich? Bitte, ich bin weit über vierzig Jahre alt, ich kann doch nicht von heute auf morgen 'raus aus meiner Haut«.

»Sie vielleicht nicht«. Sie legte die Karte zurück auf den Tisch. »Aber die Schlange in Ihnen, die häutet sich bereits…«

Vom ›Fluss‹ her stieg Nebel auf und ein kühler Wind wehte durch die Pescherie. Joseph Wassermann fror in diesem Moment und knöpfte seinen Mantel weiter zu.

»Langsam wird es doch ein wenig frisch«, bemerkte auch die Wahrsagerin und zeigte zum Balkon. »Wenn Sie möchten, gehen wir nach oben. Dort ist es etwas wärmer und so wie ich es sehe, möchte uns diese Karte noch so einiges erzählen. Das könnte aber länger dauern.«

»Gute Idee«, sagte er und folgte ihr erst in das Laden-geschäft und von dort über eine schmale Holztreppe hinauf in den ersten Stock. Den Tisch, die Stühle und die brennenden Kerzen ließen sie unberührt zurück.

Sofort erkannte er den schwach beleuchteten Sekretär wieder, an dem am späten Nachmittag der verrückte Buchhändler mit seiner Leselupe saß. Fast hätte er sie gefragt, ob dieser Lockenkopf ihr Vater war, wollte dann aber doch nicht, dass sie glaubte, er würde bei seinem Spaziergang durch Mantovas Gassen fremde Wohnräume ausspionieren. Mal abgesehen davon, dass ihn das Privat-leben der Kartenleserin nicht das Geringste anging.

Auf dem Boden lag ein weißer, fusseliger Flokati mit verzierten Ledersitzkissen und einem hölzernen Opium-tisch in der Mitte. Der gemütliche Raum erinnerte hier und da an eine orientalische Teestube, denn auch die Lampen waren mit ziemlicher Sicherheit aus Marokko oder einem anderen Teil des Maghreb. Außerdem hingen persische Teppiche an der Wand.

»Bitte, nehmen Sie doch Platz. Möchten Sie nicht Hut und Mantel abnehmen? Ich setze uns nur schnell Wasser auf. Sie trinken doch Minztee, oder?«

»Oh ja, sehr gerne. Genau das Richtige jetzt.«

Er legte seinen Mantel über die Lehne eines leeren Stuhles, den Hut aber behielt er auf, was die verschleierte Frau aber nicht weiter zu stören schien. Sie stellte eine brennende Kerze und die dampfende Teekanne auf den Tisch, dann setzte auch sie sich auf eines der Kissen und reichte ihm eine der beiden Tontassen. Während der Tee einige Minuten zog, blickte sie ihm lange und intensiv in die Augen. Ihr fiel auf, dass sie sehr dunkel waren. Schwarzbraune, glänzende Perlen.

»Es sieht fast so aus, als gäbe es zurzeit eine äußerst interessante Frau in Ihrem Leben. Eine, die es wirklich gut mit Ihnen meint.«

Wassermann lachte als er das hörte. Außer der zwanglosen Affäre mit seiner Lektorin und der aktuellen Schwärmerei für Chiara Bianchini fiel ihm keine andere Frau ein, die eine Rolle in seinem Leben spielte.

»Warum lachen Sie?«

»Nein, da ist niemand, nicht das ich wüsste.«

»Herr Wassermann, machen Sie die Augen auf!«

»Woher wissen Sie wie ich heiße?«. Er konnte sich nicht erinnern, sich bei ihr vorgestellt zu haben.

»Ihren Namen? Den kenne ich aus einem Buch«, sprach die Frau leise in ihren Schleier.

»Wirklich? Sie kennen meine Bücher?«

»Nein, nicht aus Ihren Büchern. Aus einem anderen Buch!«

»Aus welchem Buch? Bitte...sagen Sie mir...was für ein Buch?«. Sein Adrenalinspiegel erhöhte sich, doch die Seherin schwieg. Stattdessen begann sie, in aller Ruhe Tee einzuschenken. Erst ihm, dann sich.

»Bitte, Signora, was genau meinen Sie? Sie wissen, dass ich auf der Suche nach einer ganz bestimmten Schrift bin, stimmt`s?«

Wieder streckte sie ihre Hände nach ihm aus.

»Ja, wir sind im Bilde. Sie sind zu uns nach Mantova gekommen, weil Sie ein rätselhaftes Buch suchen. Doch wie wollen Sie es finden? Meines Wissens muss dieses Buch erst noch geschrieben werden.«

»Wie? Was meinen Sie damit?«

»Ich meine es so, wie ich es meine.«

»Aber das kann doch gar nicht sein. Die Schrift gibt es seit tausenden von Jahren, bei dem Buch handelt es sich lediglich um die Übersetzung davon. Wir reden bestimmt über zwei verschiedene Bücher.«

»Nein, nein, wir meinen schon das Gleiche, glauben Sie mir. Denn in der ursprünglichen Palmschrift, von der Sie reden, steht nichts weiter drin, als das, was ich Ihnen gerade gesagt habe. Das Buch muss erst noch geschrieben werden!«

Gerne hätte er jetzt gleich wieder eine geraucht, ließ es aber.

»Möchten Sie nun hören, was ich zu sagen habe oder möchten Sie lieber über ein Buch reden, das es überhaupt nicht gibt?«, lachte die Frau.

Er beruhigte sich etwas und schlürfte einen Schluck Tee.

»Ja, natürlich, klar. Erzählen Sie!«

»Dann geben sie mir Ihre Hände und blicken in die Kerze. Die Flamme muss sich in Ihren Augen spiegeln, damit ich deuten kann, was Ihnen auf der Seele liegt.«

Wieder legte er seine Hände in die ihren und wieder stieg diese Energie auf, nur diesmal noch viel intensiver als unten auf der Brücke.

»Sie müssen nichts tun außer so lange in die Kerzenflamme zu sehen, bis ich ihre Hände wieder loslasse. Das ist sehr wichtig. Nur immer tief in die Flamme schauen, nirgendwohin sonst. Ich lese Ihre Augen, mit denen Sie nun gleich viele Bilder sehen werden. Immer den Blick auf der Flamme lassen. Nicht wegsehen, hinsehen! Schaffen Sie das?«

»Aha…« Zu mehr reichte seine Reaktion nicht.

Dann erzählte sie, was sie sah.

## 23

»Ich sehe ihn schon von weiter Entfernung. Zunächst nur als kleine Bewegung, doch je näher er kommt, desto deutlicher erkenne ich die Umrisse eines Pferdes und jetzt auch die eines Reiters. Das Pferd bremst ab, es stellt sich auf die Hinterbeine und bäumt sich auf. Nun trabt es mit langsamen Schritten durch eine rote und eine blaue Säule und kommt nach vorne zum Hafen.

»Willkommen in Kapukalakapa! Wir freuen uns sehr!«, ruft der Reiter.

»Ja, endlich wieder Boden unter den Füßen«, sagt der Fremde.

»Du besitzt den Schlüssel?«, ruft wieder der Reiter.

»Ich denke schon.«

Der Fremde knöpft sein Hemd ein Stück auf und zeigt auf einen alten, eisernen Schlüssel, der an einem Lederband hängt.

»Soll ich ihn hier abgeben?«

»Nein, nein, auf keinen Fall. Du brauchst ihn noch. Mit ihm sperrst du das Labyrinth auf. Pass gut auf ihn auf!«

Man gibt dem Neuankömmling ein Zimmer mit Blick aufs Meer. Die Sonne steht senkrecht am Himmel. Er zieht die Vorhänge zur Seite und betrachtet das Treiben am Hafen. Unten, auf der Terrasse einer Taverne, sitzt der Reiter mit einem alten Fischer an einem Tisch. Er sieht den Fremden am Fenster und springt auf.

»Komm` doch herunter zu uns. Bevor du dich in die Berge aufmachst, müssen wir dir noch etwas mitteilen!«

Der fremde Mann tut es.

»Das Labyrinth, das du suchst befindet sich ganz dort oben auf diesem Berg«, sagt der Fischer.

Er geht mit ihm nach vorne, schiebt seinen Strohhut aus der Stirn und zeigt mit der Hand ins Landesinnere, wo sich ein hoher Berg in den Himmel streckt, dessen Gipfel auffällige Strahlen aussendet.

»Da musst du hinauf, wenn du das passende Schloss zu deinem Schlüssel finden willst.«

Schon beim Anblick atmet der Fremde tief durch. Er kennt die Tücken eines solchen Aufstiegs. Je näher man dem Gipfel kommt, umso unerreichbarer wird er. Immer dann, wenn man sich seines Ziels sicher ist, beginnt der nächste Anstieg.

»Gut, wann und wo soll`s losgehen?«

»Hier und jetzt«, sagt der Fischer. Er drückt dem Neuling sechs flache, graue Steine in die Hand, die mit den Worten DAS, MICH, ENDE, LIEST, HIER und SCHLIESSEN beschriftet sind.

»Die brauchst du vielleicht«, meint er noch und kehrt zurück in die Taverne, während sich der Reiter auf seinen Gaul schwingt und davongaloppiert.

Joseph Wassermann tastete nach seiner Tasse.

»Dürfte ich noch etwas…?«

»Pssst…nicht reden«, würgte die Seherin ab und legte den Zeigefinger auf ihren Mund. Sie wartete, bis er sich wieder der Kerze zuwandte und setzte ihre Geschichte fort.

»Der Fremde verlässt den Hafenort und kommt jetzt zu einem Brunnen. Auf seinem Rand sitzt eine sehr schöne Frau. Ihr langes, schwarzes Haar legt sich wie Seidenstoff über die Stufen bis hinunter zur Straße. Mit einem Seil lässt sie einen Krug in die Tiefe gleiten, wartet bis dieser sich mit Wasser füllt und holt das Tongefäß zurück an die Oberfläche. Dann kippt sie den Krug um und leert das Wasser wieder in den Brunnen zurück. Mehrere Male hintereinander.

Der Fremde sieht ihr eine Weile zu, dann endlich dreht sie sich zu ihm und erzählt:

»Dieses Wasser hier entspringt einem sehr wertvollen Diamanten, der in der Spitze des Berggipfels verborgen liegt. Unsere Vorfahren glaubten, dass die aufgehende Sonne erst dann für das menschliche Auge sichtbar ist, nachdem ihre Strahlen den Edelstein in der Morgendämmerung gereinigt und erleuchtet haben.«

Auch sie gibt dem Fremden fünf weitere Kiesel. Diesmal mit den Worten DEIN, ZU, BOTSCHAFT, SIEHST und UND.

»Egal was passiert, höre immer auf die Stimme deines Herzens!«, ruft sie ihm nach.

Es ist heiß an diesem Mittag. Brütend heiß, so dass er, noch bevor ihn der dichte Bergwald in seine Finsternis zieht, mehrere Pausen am Fluss einlegt, der sich durch die Hügellandschaft bis zum Meer hinunter zieht. Als endlich die kühlende Dämmerung einbricht, sieht der Wanderer am Waldrand ein Feuer aufsteigen. Daneben einen Jungen, der gedankenverloren in das Lodern der Flammen blickt und sogleich dem fremden Mann entgegenrennt.

»Guten Abend, mein Freund. Was für eine schöne Überraschung! Möchtest du nicht bei mir bleiben? Ich habe Suppe gekocht und muss hier warten bis die Nacht vorüber ist.«

»Warum nicht?«, sagt der Bergsteiger und lässt sich auf eine der Baumwurzeln nieder, deren Arme sich wie Finger in den Erdboden krallen. Der Junge weiß, wen er vor sich hat und holt aus:

»Besser, auch du wartest bis die Nacht vorüber ist. Der Wald ist nicht ganz leicht zu durchschauen. Es gibt Stellen, da ist er so dicht zugewachsen, dass er rabenschwarz ist. Du wirst das Gefühl haben, deinen Weg aus den Augen zu verlieren. Manchmal tauchen auch Räuber auf. Wie aus dem Nichts. Dann ist es sehr wichtig, einen kühlen Kopf zu bewahren! Wenn du ganz bei dir bleibst und auf deine innere Stimme hörst, dann werden diese Räuber deine Verbündeten und helfen dir weiter. Oft musst du nur einen Zaun oder eine Mauer überwinden und schon bist du wieder auf deinem Weg. Der Weg zum Gipfel.«

Joseph Wassermann sah kurz das Bild von Räubern und Banditen, die auf unwegsamen, dunklen Pfaden durch die Nacht schlichen und spürte, wie die Seherin seine Hände etwas fester drückte, damit er bei der Sache blieb.

»Du sprichst sehr klug für dein junges Alter«, lobt der Fremde den Jungen.

»Das habe ich von meiner Großmutter gelernt. Einmal nahm sie mich zur Seite und meinte zu mir: Weißt du, mein Enkelsohn, auch du wirst einmal lernen, dass es sinnlos ist, nach dem Sinn des Lebens zu suchen. Du selbst musst es sein, der das Leben mit Sinn füllt. Diese Worte habe ich mir immer gemerkt, bis zum heutigen Tag«, sagt der Junge ernst und löst mit einem langen Ast einen knisternden Funkenflug aus. Dann nimmt er ein

Stück Brot, reißt es in zwei Hälften und gibt eine davon dem Gast.

»Du magst deine Großmutter sehr, was?«, sagt dieser.

»Ja, sehr sogar. Ich durfte bei ihr aufwachsen, weil meine Mutter sehr früh von uns ging und mein Vater oft wochenlang auf See fuhr. Sie lebt mit meinem Großvater unten am Hafen, gleich neben dem Leuchtturm.«

»Und dein Großvater? Hast du von ihm auch etwas gelernt?«

»Aber klar. Von ihm weiß ich, wie man Lagerfeuer macht ohne dass dabei Rauch aufsteigt.«

»Ohne dass Rauch aufsteigt? Lagerfeuer rauchen doch immer…«

»Nein, man kann Feuer auch machen ohne dass Rauch aufsteigt. Das ist wichtig, damit die Räuber nicht schon von weitem sehen, wo man sich aufhält.«

»Erzähle mir, wie soll das gehen?«

»Ganz einfach. Du musst nur richtigen Zunder finden und sehr viel trockenes, feines Holz. Du weißt doch, was ein richtiger Zunder ist, oder?«

»Ich schätze, du meinst einen Büschel trockenes Gras?«

»Nein«, triumphiert der Junge, »das ist doch bei Gott kein Zunder! Echter Zunder wächst auf abgestorbenen Birken. Ein Schwamm, bei dem man die Fasern zuerst weichklopfen muss, bevor sie zum Feuermachen verwendet werden. Wenn du dann noch das richtige Holz findest, dann brennt es ohne Rauch.«

Wieder schlägt er den Stock in die Flammen.

»Mein Großvater weiß übrigens auch wie man Kerzen macht. Oder wie aus Tierhaut Leder wird und wie man

Seife siedet«, ergänzt er noch stolz, dann legt er sich schlafen.

Als der Fremde am nächsten Morgen aufwacht, ist der Junge spurlos verschwunden. Erschrocken greift er mit einer Hand unter das Hemd und ist erleichtert, dass der alte Schlüssel noch an seinem Lederband hängt. Auch die beschrifteten Kieselsteine sind noch da, sie liegen nach wie vor in einer seiner Hosentaschen. Langsam kommt die Sonne hinterm Berg hervor und erinnert ihn daran, rasch aufzubrechen, will er noch vor der Mittagshitze den Wald erreichen. Genau an der Stelle, wo der Junge zuvor sein Lager abgebaut hatte, entdeckt er sechs weitere, mit Worten verzierte Kieselsteine. REISE, BUNTEN, DIE, ZWISCHEN, DU und HAND. Gleich daneben, im Gras, findet er außerdem einen goldenen Taler, den er zusammen mit den Steinen einsteckt.

Damit würde er sich schon irgendwie durchschlagen, wichtig ist nur, dass er den Schlüssel wie seinen eigenen Augapfel hütet.

»Jetzt kann ich sehen, wie der Fremde den dichten Wald erreicht und noch einmal zurück zum Meer blickt«, fuhr die Wahrsagerin fort.

»Der Weg hierher kommt ihm von hier oben aus gar nicht so weit vor, doch er unterschätzte zu Beginn seiner Wanderung anscheinend die Steigung, die bereits am Brunnen ihren Anfang nimmt und sich über die weiten Felder am Fluss entlang bis zum Wald fortsetzt. Es freut ihn, endlich schattenspendende Bäume um sich zu wissen. Noch durchschaut er nicht, dass es sich bei dem zunächst lichten Bergwald um einen tiefen, üppigen Dschungel handelt, der nur all die wieder freigibt, die sich ohne Wenn und Aber an seine Gesetze halten. Nun dringt er immer tiefer in den Urwald ein und eine dunkle, bedrohliche Welt baut sich vor ihm auf. Zahllose Tiere rollen einen furchterregenden Klangteppich aus, der ihn von oben, von unten und von vorne beschallt. Zudem klopft der Boden unter seinen Füßen und ihm ist, als hätten sich in diesem Augenblick all die uralten, mächtigen Regenbäume zu einem einzigen, großen Trommelfeuer versammelt.

Der Weg, auf dem er läuft, wird von Schritt zu Schritt enger bis er sich nur noch auf einem dünnen, von Wildwuchs überwucherten Pfad nach vorne kämpfen kann. Doch auch der endet an einer alten, verwitterten Steinmauer, die ihm den Weg versperrt und viel höher ist als er selbst. Achtung! Drei düstere Gestalten springen nun hervor!

»So,so«, sagt der Mittlere von ihnen. »Nicht auf die innere Stimme hören und sich dann wundern, dass nichts mehr weiter geht. Hier gibt es kein Vorwärts und auch kein Zurück!«

Der Fremde zittert vor Angst, ruft sich dann aber die Worte der Brunnenhüterin ins Gedächtnis und versucht, tief in sich zu hören. Doch alles, was er zu vernehmen glaubt, ist die stille Warnung, sich nicht den Schlüssel rauben zu lassen.

Jetzt meldet sich der Rechte zu Wort:

»Was glaubst du, passiert nun mit dir?«. Sein Lachen klingt böse und brutal.

»Wir könnten ihn doch ein Stück begleiten, ihn später in tausend Stücke reißen und ihn dann auf dem Markt als Fischköder verkaufen«, schlägt der in der Mitte vor.

»Oder ihn hier lassen und warten bis die Schlangen aus den Mauerritzen hervorkommen«, sagt wieder der andere.

Der Wanderer fühlt, wie sich die Angst langsam an seiner Wirbelsäule emporkriecht und trotz der tropischen Schwüle des Dschungels beginnt er zu frieren. Erst jetzt fällt ihm auf, dass der Dritte im Bunde kein einziges Wort spricht und sich von der ganzen Szene völlig unbeeindruckt zeigt. Das ist der Moment, in dem er doch so etwas wie eine innere Stimme hört, auf den dritten Mann zugeht und ihn wie einen alten Freund in die Arme nimmt.

»Nein«, sagt der Fremde. »Ich habe eine bessere Idee. Ihr helft mir, über diese Mauer zu kommen. Einer verschränkt die Hände zu einer Räuberleiter, einer stützt ihn und einer schiebt mich nach oben. Mit etwas Kraft und Geschick kann ich mich dann auf die Mauer stemmen und meinen Weg fortsetzen.«

Als wäre nie etwas anders geplant gewesen, erfüllen sie seinen Wunsch und überreichen ihm fünf weitere Schriftsteine: WENN, DIES, REICHE, DIESER und SICH. Dann ziehen sich die Räuber wieder zurück in die Dunkelheit des Dschungels«.

Die Stimme der Wahrsagerin wurde kurz lauter... »Liebende Herzen und offene Arme sind noch immer die besten Waffen gegen Angst«...und sogleich wieder leiser.

»Der Weg wird wieder etwas breiter und der Fremde erhöht das Tempo. Die Vorstellung, hier, völlig alleine, in diesem unheimlichen Urwald die Nacht verbringen zu müssen, erfüllt ihn mit Furcht, aber auch mit Respekt. Seine Kehle ist ausgetrocknet und er hofft, einen kleinen

Bergbach zu finden, wo er ausruhen und Kräfte tanken kann. Doch stattdessen stößt er auf einen großen Fels mit einer tiefen Höhle, in die er auf Knien eindringt. Je weiter er vorankommt, je mehr verstummen die Töne des Dschungels und er nimmt ein leises, zartes Flötenspiel war. Es klingt nach mehr als nur Musik. Es sind Klänge, die Farben malen und den Tunnel in ein buntes Regenbogenlicht tauchen. Jemand, der so traumhafte Melodien zaubert, kann kein Räuber sein! Er robbt sich noch einige Meter weiter und kniet schließlich vor einer dicken Holztür, die eine Handbreit offen steht. Die Flöte ist nun laut und deutlich zu hören. Er wartet ab, bis die Musik verstummt, dann fasst er sich ein Herz und klopft dreimal an.

»Komm` herein, Geliebter! Ich warte schon…«

Der Fremde drückt die Tür nach innen und legt schützend die Hände vors Gesicht. Zu hell blenden die tausend Kerzen, die jetzt brennen.

Erst als sich sein Augenlicht wieder an die Helligkeit gewöhnt, erblickt er die Frau. Sie sitzt auf einem roten Teppich. Nackt.

»Komm` her zu mir!«

Jetzt will er etwas sagen, doch viel zu schnell versinkt er in ihren Augen, die ihn in eine Unterwasserwelt herabziehen, die türkisgrün schimmert und sich korallenförmig von einem hellen Rot in ein tiefrotes Violett bis ins Unendliche ausweitet.

»Gefallen dir die Farben?«, fragt die Frau, wirft ihr Haar in den Nacken und lacht. Sie richtet sich auf, tanzt einmal im Kreis und sieht ihn mit verträumten, treuen und verliebten Blicken an.

»Du musst besser aufpassen, mein Herz.«

Er sieht, wie sein ledernes Schlüsselband an ihrer Bambusflöte hängt und wie ein Pendel von links nach rechts und wieder zurück baumelt.

»Nicht jede meint es so gut mit dir wie ich!«, flüstert sie in sein Ohr, händigt ihm mit einem langen Kuss den Schlüssel wieder aus und schenkt ihm die nächsten sechs Steine: DU, MICH, KREISE, ZEILEN, DIE und IST.

Leichtfüßig läuft er die nächste Anhöhe hinauf, die sich als langgezogene Serpentine auf die andere Seite des Berges zieht und die Magie des Urwaldes nach und nach hinter sich lässt.

Es dauert nicht lange, dann verändert sich auch der Blickwinkel. Konnte der Fremde seit der Höhle noch leicht die Umrisse des Hafens erkennen, so liegt nun eine unendliche Weite aus Meer und Himmel vor ihm. Er wandert tapfer voran und trifft auf einen Mann, der mit Frack und Zylinder bekleidet eine geschlossene Schranke bewacht.

»Einen schönen, guten Tag, der Herr. Sie möchten die Grenze passieren?«

»Ja, bitte. Sind Sie so nett und öffnen die Schranke?«

»Das mache ich sehr gerne. Wenn ich sie um einen Taler bitten dürfte.«

Der Fremde greift unbewusst nach der goldenen Münze, die er an der Feuerstelle im Gras fand.

»Tut mir leid, aber der Zugang zum Berggipfel von Kapukalakapa kostet Eintritt«, erklärt der Mann freundlich aber bestimmt.

»Den kann ich nicht zahlen«, antwortet der Fremde. »Ich besitze nur einen einzigen Taler und den brauche ich noch für Notsituationen.«

»Dann müssen sie leider wieder umkehren. Ich darf niemanden durchlassen, der nicht Eintritt bezahlt«, spricht der Wächter und hält ihm einen Stock vor den Bauch, damit er ja keinen Schritt weitergeht.

»Das kann doch wirklich nicht sein! Ich bin so lange schon unterwegs und jetzt, kurz vor dem Ziel, wollen Sie mich nicht durchlassen, nur weil ich kein Eintrittsgeld bezahlen möchte?«

Der feine Herr blickt über das Meer und meint:

»Sie könnten mir ja auch ihre Kette als Pfand zurück lassen«. Dabei zeigt er mit dem Stock auf das Lederband, das in diesem Moment – warum auch immer – nicht unter sondern über dem Hemd baumelt.

»Nein, auf keinen Fall! Die bekommen Sie ganz sicher nicht. Sie lassen mich jetzt hier sofort durch oder ich springe über die Schranke. Sie können mich nicht aufhalten, ich gehe jetzt weiter!«

Der Wanderer nimmt einige Schritte Anlauf, stützt sich auf den Balken und landet mit einem Satz auf der anderen Seite. Ohne zurückzublicken, setzt er seinen Weg fort.

»Gut gemacht«, ruft ihm der Wächter nach. »Regeln sind zum Brechen da!!! Lassen Sie sich nie und niemals verunsichern, fremder Mann!«

Doch leichter gesagt wie getan, denn nur ein paar hundert Meter weiter versperrt ihm plötzlich ein furcht-erregendes Raubtier den Weg. Anfangs hofft und glaubt der Fremde noch, das bärenähnliche Geschöpf zieht sich aus Scheu in die Büsche zurück, doch im Gegenteil, das Tier stellt sich auf seine Hinterbeine, fuchtelt wild und fauchend mit den Tatzen, fletscht die Zähne und wirft immer wieder wütend den Kopf zur Seite. Aber siehe da!

Von hinten kommt Rettung! Der Reiter vom Hafen trabt auf seinem Pferd den staubigen Weg herauf, umkreist mehrmals das Ungeheuer und baut sich siegessicher vor ihm auf. Auf der Stelle landet das wilde Tier wieder auf allen Vieren und trottet kleinlaut davon.

»Der tut nichts. Er will uns nur zeigen, dass wir uns hin und wieder ein dickes Fell anlegen müssen«, erklärt der Reiter und reitet weiter.

Die Wahrsagerin kommt kurz zurück und prüft, ob Wassermann nach wie vor die Flamme im Blick hat.

»Ein letzter, schweißtreibender Anstieg bringt unseren Bergsteiger zu einer großen Lichtung und einer kleinen Hüttensiedlung, die die Einwohner von Kapukalakapa den Jahrmarkt der Sterne nennen. Ein buntes Völkchen lebt hier oben, unter ihnen auch ein Zauberer, der mit überkreuzten Beinen auf einem Stein sitzt und einem verblüfften Mädchen Kartentricks zeigt. Er sieht den Fremden, schiebt schnell die Karten zusammen und nimmt einen Spiegel von der Wand. Nun hält er das Glas angewinkelt gegen das Sonnenlicht, so dass es kurze Lichtzeichen zum Gipfel schickt. Mehrere hinter-einander, dann wieder nur ein paar wenige, zwischen-durch auch gar keine. Und immer wenn er den Spiegel von der Sonne wegdreht, sind lange und kurze, mal tiefe, mal auch sehr hohe Pfiffe zu hören. Es ist eindeutig. Die Menschen hier oben am Gipfel unterhalten sich mit den Talbewohnern anhand von Pfeifgeräuschen und Licht-signalen.

»Glückwunsch, fast hast Du`s geschafft«, gratuliert der Zauberer »Du siehst glücklich aus, wie frisch verliebt! Möchtest du sehen?«

Er geht einige Schritte auf ihn zu und hält ihm den Spiegel vors Gesicht. Ja, er sieht verändert aus. Seine Augen leuchten und die Mundwinkel lächeln. Von den Strapazen der langen Reise keine Spur.

»Komm`mit«, sagt der Zauberer und nimmt den Fremden am Arm. »Wir fahren Riesenrad. Von ganz oben hast du eine fantastische Aussicht über die ganze Insel.«

Das Rad setzt sich langsam in Bewegung und der Zauberer überreicht ihm die letzten fünf Kieselsteine. Diesmal mit den Worten HAND, ZUM, VON, DIE und NUN.

»Das Riesenrad von Kapukalakapa hat eine sehr wichtige Bedeutung für uns«, erzählt er. »Es macht nicht nur den Kindern großen Spaß, sondern es erinnert uns auch an die vier Jahreszeiten. Unten, wo wir in die Gondel einsteigen, ist Frühlingsbeginn. Dann drehen wir bis zum ersten Viertel nach oben, halten kurz inne, denn hier beginnt der Sommer. Danach bringt uns das Rad bis ganz nach oben zum höchsten Punkt. Wieder halten wir an, denn nun beginnt der Herbst. Und weiter geht`s bis zum dritten Viertel, nur diesmal wieder nach unten zum Winterbeginn. Und von dort zurück zum Ausgangspunkt, dem Frühling. Dann geht es wieder von vorne los. Immer und immer wieder.«

Viel mehr gibt es nicht zu sagen und die beiden fahren schweigend durch Frühling und Sommer bis nach oben zum höchsten Aussichtspunkt mit Weitblick nicht nur über die Insel sondern bis über das Meer hinaus zum Horizont. Anschließend dreht das Rad weiter und bringt sie über Herbst und Winter zurück zum Frühlingsbeginn.

Der Zauberer wartet bis die Gondel mit einem kurzen Ruck zum Stehen kommt und lässt dem Fremden den Vortritt beim Ausstieg. Dann begleitet er ihn das kurze Stück hinauf zum Berggipfel, bringt ihn noch zur Eingangstreppe eines mächtigen Bauwerks und lässt ihn dort zurück.

Weit und breit ist niemand mehr zu sehen und auch sein Klopfen an das wuchtige Tor verstummt ungehört. Überall Stille und Einsamkeit.

Der Fremde steigt die Treppe wieder herunter und umrundet die riesige Burg einmal gegen den Uhrzeigersinn. Jetzt kommt er wieder zur Treppe zurück und stellt fest, dass er insgesamt acht Türme und zwischen diesen Türmen acht dicke Mauern gezählt hat. Ja, das Bauwerk hier hoch oben über Kapukalakapa ist achteckig. Vom Universum aus sieht es aus wie eine Krone, die auf dem Kopf einer Königin sitzt. Vielleicht auch einer Göttin. Hier drin muss es also sein, das Labyrinth mit seinem Diamanten! Noch einmal steigt er hinauf zum Tor und klopft mit beiden Fäusten dagegen. Doch auch diesmal passiert… nichts.

Müde und erschöpft lässt er sich an der Burgmauer nieder und überlegt, was zu tun ist. Eine alte, gebückte Frau kommt den Weg herauf. Für ihr hohes Alter besitzt sie eine auffällig ausgeruhte und kraftvolle Ausstrahlung, nur das Treppensteigen fällt ihr sichtlich schwer. Nach jeder Stufe bleibt sie kurz stehen, atmet tief durch und macht dann erst den nächsten Schritt.

»Darf ich Ihnen vielleicht helfen?«, fragt der Fremde, doch die Alte lacht nur.

»Nein, nein, mein Sohn. Vielen Dank, aber ich habe mein ganzes Leben ohne fremde Hilfe gemeistert. Da kommt es auf die paar Stufen auch nicht mehr drauf an.«

»Wie Sie meinen, aber Sie sollten wissen, dass die Burg verschlossen ist. Nicht dass Sie sich umsonst abmühen.«

»Ja, warum sperren Sie sie denn dann nicht auf? Sie haben doch den Schlüssel.«

Himmel, stimmt, wenn das hier der Haupteingang zum Labyrinth sein soll, dann ist ja er selbst es, der den Schlüssel dazu hat. Er zieht das Lederband über seinen Kopf und sucht das dazugehörige Schloss. Der Schlüssel passt auf Anhieb. Mit ganzer Kraft stößt er das schwere Tor auf und überschreitet zusammen mit der alten Frau die Schwelle. Nun stehen beide innerhalb der Burg und blicken auf eine nächste, mit dicken Eisen beschlagene Tür, die zum Zentrum des Bauwerks führt.

»Kommen Sie«, sagt die Alte. »Worauf warten Sie? Gehen Sie hinein!«

»Hier drin muss das Labyrinth sein«, glaubt der Fremde.

»Nein, hier drin ist bereits seine Mitte. Die Wege des Labyrinths haben sie soeben hinter sich gebracht. Ganz Kapukalakapa ist das Labyrinth, die Burg hier ist bereits sein Ziel.«

»Donnerwetter!«

Die Alte berührt ihn jetzt an der Schulter, sieht ihn an und möchte von ihm wissen, ob er den gefundenen Taler noch bei sich hat.

»Natürlich. Ich habe ihn nicht einmal gebraucht, weil ich absolutes Gottvertrauen habe, dass ich auch ohne ihn durchkomme«, antwortet der Fremde stolz.

»Ach ja, und wo befand sich ihr Gottvertrauen als sie den Taler einsteckten?«, fragt sie, zeigt ihm einen großen Holzwürfel und löst sich vor seinen Augen in Luft auf.

Er öffnet die schwere Tür und sein Blick richtet sich nach oben, wo das Oktagon den Blick auf einen blauen, nächtlichen Himmel und ein paar leichte, weiße Schleierwolken freigibt. Genau darunter, in der Mitte der Mitte, liegt er, der faustgroße, teils durchsichtige, teils milchige Diamant, bewacht von einer schlafenden Schlange, die den Edelstein im Würgegriff hat und dabei das spitze Ende ihres langen, schimmernden und geschuppten Körpers im Maul hält.

»Jetzt, jetzt! Siehe da!«, ruft die Wahrsagerin. »Grelle, zischende Blitze jagen durch den Raum. Hörst du die grollende Donnerstimme? Die Worte, die sämtliche Mauern erzittern lassen? *Suche dich und du findest mich, mich das Licht in diesem Gedicht!*

Hast du sie gehört, die donnernden Worte? Du hast sie gehört! Sieh` nur, der Diamant, wie er bebt, wie er Risse bekommt! Die ersten Explosionen. Das laute Schreien des fremden Mannes. Die nächste Explosion, das nächste Beben. Und jetzt, gib` acht, der Diamant kommt ein letztes Mal zur Ruhe. Ein letzter Schrei, ein letzter Donner, ein letzter lauter Knall, ein Urknall und das Juwel aller Juwelen schießt wie ein Blitz durch das Achteck ins Freie. Millionen und Abermillionen winzige Diamanten verteilen sich wie funkelnde Sterne am Nachthimmel von Kapukalakapa!

Nur die schlafende Schlange, die bleibt unversehrt in ihrer Mitte und wartet in aller Ruhe ab, bis der Fremde die Burg wieder verlässt. Dann kriecht sie schleichend davon und schlängelt sich leise durch den Dschungel bis hinunter ins Tal, wo sie in den Hafenbrunnen eintaucht und als stolze, wilde, schöne Leopardin wieder nach oben kommt.«

Die Seherin wartete ab, bis die Hochspannung in Wassermanns Händen nachließ, dann gab sie ihn frei und steckte die Karte zurück in den Stapel.

»Das war`s«, sagte sie zum Abschluss, stand auf und öffnete die Balkontür. Irgendjemand hatte den runden Kerzentisch zur Seite geräumt und an derselben Stelle einen violetten Kreis auf die Brücke gemalt.

Joseph Wassermann sah, dass die Augen der Seherin nur unten am ›Fluss‹ blau waren. Hier oben, in diesem orientalischen Raum, leuchtete eine ihrer Pupillen golden und die andere silbern. Sie waren Sonne und Mond.

Er hatte keine weiteren Fragen mehr.

# Aufstieg

## 24

Zwei Uhr nachts. Die Musik am Theater war längst verstummt, nur noch wenige Gäste saßen vereinzelt in den Lounge-Möbeln und warteten darauf, dass die Bar die Schotten dicht machte. Joseph Wassermann ließ sie rechts liegen und steuerte auf das Hotel zu, übernahm wortlos den Schlüssel, den ihm der Nachtportier über die Theke reichte und ging nach oben. Chiaras Rosenduft lag in der Luft, als er die letzte Treppenstufe erreichte und den offenen Türspalt von Zimmer 19 und gleich darauf den gelben Post-It-Zettel an Zimmertür 18 entdeckte. Leichte Lustgefühle überkamen ihn als er ihre Worte las: *Wenn du mit mir heute noch zum Ende der Welt reisen möchtest, die Tür ist offen!* Daneben der Lippenstiftabdruck ihres Mundes.

Eigentlich war er fix und fertig nach diesem langen Tag, aber eine so erotische Einladung auszuschlagen, ging ja mal gar nicht. Er überlegte kurz, ob er sich nicht zuvor noch etwas frisch machen sollte, hatte aber die Befürchtung, sie könne denken, er sei nicht interessiert, wenn er zuerst in sein Zimmer statt in das ihre ging. Also atmete er tief durch und klopfte dezent an die leicht geöffnete Tür, doch niemand antwortete. Er drückte sie etwas weiter auf und klopfte erneut. Wieder nichts. Erst als er das Zimmer betrat, hörte er Geräusche, die aus dem Badezimmer kamen. Da er sie mit seiner plötzlichen Anwesenheit nicht erschrecken wollte, ging er wieder drei Schritte zurück und wartete – natürlich lässig am Türrahmen – gelehnt, bis sie zurück ins Schlafzimmer kam. Was aber nicht nötig war, da Chiara ihn bereits kommen hörte und sein erstes wie auch sein zweites Klopfen zur Kenntnis nahm.

»Mach` doch einfach die Tür zu und setz` dich. Ich bin gleich bei dir«, rief sie sich selbst im Spiegel zu, meinte aber ihn damit.

»Alles klar, ich warte«, antwortete er, schloss die Zimmertür und zog seinen Mantel aus. Dann setzte er sich auf die Tischplatte, auf der der Flachbildschirm des Fernsehers stand und sah sich um. Ihm fiel auf, dass im ganzen Raum nur eine der beiden Nachttischlampen brannte, über der ein rotes Baumwolltuch hing, das nicht nur das Licht dämpfte, sondern zugleich Romantik verbreitete. Vielleicht sollte er einen Blick in die Minibar werfen und ihnen schon mal zwei Drinks einschenken? Doch so weit kam er gar nicht mehr, da sich in diesem Moment die Badezimmertür öffnete und er seine Sinne verlor. Hohe, leopardengemusterte Stiefel kamen auf ihn zu. In ihnen schenkelhohe Netznylons, die an den Seiten mit Strapsen an einem blaugrauen Burlesque-Korsett verknüpft waren. Samtweiche Leopardenhandschuhe, die bis über die Ellbogen reichten, rissen ihm das Hemd vom Leib und öffneten die Knöpfe seiner Levi`s. Ein winziger Nasendiamant blitzte vor seinen Augen und ein voller, kirschroter Mund hauchte ein leises »Nimm` mich!« über seine Lippen. Dann spürte er, wie sich eine ihrer Hände in seine Boxershorts schob und die andere ihn hinüber zur Bettkante zog, wo sich die Leopardin breitbeinig auf seinen Schoß setzte und ihn erst mit zarten, sanften Kreisbewegungen und dann mit schnellen, wilden Stößen zum Höhepunkt ritt.

Danach tat er das, worüber er am Nachmittag bereits phantasierte. Seine Zungenspitze spielte so lange mit, an

und in ihr, bis ein Rausch ihren gesamten Körper durch-
flutete und sie mit schnellen, ruckartigen Bewegungen
nach und nach Spannung freigab.

Während einer stürmischen Entdeckungsreise über
jede Faser ihrer Körper, vereinten sie sich und fanden
schließlich einen gemeinsamen Rhythmus, der sie beide,
Chiara und Joseph, zum höchsten Punkt des gesamten
Sonnensystems brachte und an der Venus vorbei zurück
zur Erde schweben ließ.

Worte waren danach nicht mehr nötig, nur noch ein
langer Kuss und zwei schwer verdiente Zigaretten. Dann
ging er in die 18 und sie blieb in der 19.

## 25

Keine zwei Stunden später lag Joseph Wassermann bereits wieder wach und schmeckte noch immer Chiaras Küsse im Mund. Die Melodie von *Tredici buone ragioni* schwirrte durch seinen Kopf, der sich trotz akuten Schlafmangels, dem Lambrusco und der Limoncelli und vor allem trotz der hypnotisierenden Hellsicht der Wahrsagerin ungewöhnlich klar und aufgeräumt anfühlte. Er öffnete das Fenster und atmete den Duft von frischem Brot ein, der von der *Bäckerei Freddi* von unten nach oben stieg, zudem lag dichter, feuchter Nebel in der Luft und die darunterliegende Piazza Cavalotti, normalerweise ein wildes Durcheinander von Motorrollern, Autohupen und lauten Stimmen, schlummerte noch. Es war gerade erst sechs Uhr, im Frühstücksraum wurde noch nicht einmal Kaffee serviert, so dass er zurück ins Bett ging, das Kopfkissen an der Wand aufrichtete und einige Seiten von Murakami`s *Aufziehvogel* las. Inmitten einer, für seinen Geschmack etwas langatmigen Szene fiel ihm ein, dass er Katja Berger zurückrufen musste. Er wollte ihr seine Entscheidung in Sachen Rossetti mitzuteilen, doch das konnte er später beim Frühstück immer noch tun. Also packte er vorsorglich seine Garderobe zusammen, ging ins Bad, duschte, putzte die Zähne und wunderte sich beim Rasieren über die strahlenden Augen, die ihn im Spiegel anlachten und in denen er in den letzten Jahren eigentlich immer nur Schwermut zu lesen glaubte.

So richtig konnte er es noch immer nicht fassen, dass ihm in kürzester Zeit eine wildfremde Frau derart den Verstand raubte. Ausgerechnet ihm, der in Liebesdingen doch immer die Kontrolle behielt und niemanden auch nur einen kleinen Schritt näher an sich heranließ als er wirklich wollte. Das glaubte ihm kein Mensch, dachte er, doch dann wurde ihm klar, dass dieser ganze Mantova-Trip in fast jeder Hinsicht mehr als surreal war. Was auch immer ihm in den vergangenen Stunden widerfuhr, er wüsste nicht, wem er das ernsthaft erzählen konnte. Nur eines wusste er in diesem Moment. Der Wassermann von heute war nicht mehr der Wassermann von gestern. Denn wenn er ganz ehrlich war, dann versetzte ihn die unerwartete Begegnung mit Chiara Bianchini in eine Art Schockzustand. Bereits bei ihrer Ankunft im Hotel ahnte er, dass sie eine Frau war, die seine gesamte Gefühlswelt ordentlich durcheinander bringen konnte, doch erst ihre gemeinsame Reise zur Venus sorgte dafür, dass er nach Jahren des kühlen Eigensinns urplötzlich wieder Wärme in sich spürte. Seltsamerweise aber auch Trauer. Über was? Über den Verlust seines bisherigen Lebens? Er wusste es nicht einzuordnen, er wusste nur, dass es von nun an wert war, sich anzustrengen, Pläne zu schmieden, sich Mut zu machen. Mut zur Liebe.

Als er das kleine, dampfige Badezimmer wieder verließ, war es bereits fünf Minuten vor Acht und er war dann doch überrascht, wie blitzschnell zwei Stunden verfliegen konnten. Höchste Zeit für ein kurzes Frühstück mit Croissant, Cappuccino und hoffentlich einer letzten Begegnung mit Chiara. Jeans an, Schuhe an, Hemd an – diesmal weißes Leinen – und erst mal die Treppen hinunter zur Lobby, wo noch immer der Nachtportier vor dem Fernseher saß, ihm ein müdes »Buongiorno!« zuwarf und mit einem seiner Finger nach oben zeigte.

»Falls Sie den Speiseraum suchen, der befindet sich einen Stock höher«. Was Wassermann zwar wusste, ihn und sich aber nicht in Verlegenheit bringen wollte und deswegen ein »Ach so! Grazie mille!« zurückgrinste. Der Mann wusste ja nicht, dass er nur schnell das Regal hinter seinem Rücken überprüfen wollte, um zu sehen, ob Schlüssel Nummer 19 im dazugehörigen Kästchen hing. Tat er nicht, so dass er davon ausging, Chiara beim Frühstück anzutreffen, doch abgesehen von einem britischen Schwulenpärchen und seinen zwei angeleinten Hunden war er dort der einzige Gast. Er ließ sich Cappuccino bringen und legte vom Büffet zwei Mandarinen, eine Banane und ein Croissant mit Marmeladenfüllung auf den Teller. Dann antwortete er kurz auf Katjas gestriges SMS-Bombardement. In ein paar Tagen komme er zurück nach Bayern, sie könnten ja dann alles besprechen, gerne auch mit Meister Töppke. Doch es dauerte keine halbe Minute, da rief sie an.

»Nichts da, sooo leicht kommst Du mir nicht davon.«

Dann, nach einer kurzen Pause, in der sie sich darauf besann, dass der Ton die Musik machte:

»Guten Morgen lieber Joseph. Gut geschlafen?«

»Bestens, danke. Und du?«

»Komisch geträumt, aber ansonsten alles gut. Sag` mal, wo steckst Du eigentlich genau? Doch nicht am Gardasee, oder? Deine Vermieter wollen partout nichts `rausrücken.«

»Doch, eigentlich schon, aber ich bin mal für ein, zwei Tage nach Mantova ausgebüchst. Wollte ich immer schon mal hin.«

Er überlegte kurz, ob er ihr den wahren Grund für seine Reise erzählen sollte, ließ es aber. Das Telefon und dieser Frühstücksraum waren bei Gott nicht der richtige Ort, um einer Arbeitskollegin in Deutschland von einer seltsamen Witwe aus der Schweiz und einer alten Schrift aus Indien zu erzählen, die in Italien lag und erst noch geschrieben werden musste. Er blickte ja selbst schon nicht mehr so richtig durch.

»Mantova? Wo liegt das?«

»In der Poebene, gar nicht so weit von Verona entfernt. Ein wirklich nettes Städtchen mit viel Flair und ziemlich verrückten Leuten.«

»Aber es ist doch fast Oktober. Wen bitte verschlägt es da zum Po?«

»Mich.«

»Dich.«

»Ja, mich. Warum nicht?«

»Naja, du wirst schon wissen was du machst«, sagte sie und verzichtete darauf, mit dem Namen des italienischen Flusses einen dieser typisch deutschen Flachwitze zu machen. Besser, sie kam umgehend auf den Punkt.

»Nun, wie sieht`s aus? Liest du die Bücher?«

»Meinetwegen. Gibt`s da auch Geld dafür?«

»Ja, klar, ich hole einen Vorschuss für dich `raus, ok? Aber, Joseph… die Studioaufnahmen müssten bitte noch vor Weihnachten über die Bühne gehen.«

»Ist in Ordnung. Ich fahre nächste Woche zurück zum Ammersee, dann haben wir noch über zwei Monate Zeit.«

»Prima, dann bespreche ich die Sache gleich mit Töppke. Du denkst aber auch an den neuen Rossetti. Da muss einfach noch mehr Pepp `rein?«

»Ja, ich weiß. Auch das kriegen wir hin. Sobald ich zurück bin, läuft mein PC auf Hochtouren, versprochen.«

»Du bist super! Mal sehen, vielleicht hab` ich ja dann eine ganz spezielle Belohnung für dich, wenn du deine ganzen Hausaufgaben erledigt hast.«

»Aber ja, Frau Oberlehrerin.«

Er legte auf, bestellte noch einen zweiten Kaffee und wartete gespannt darauf, ob Chiara Bianchini endlich den Frühstücksraum betrat. Die aber war längst in der angrenzenden Privatwohnung und bereitete ihren beiden Großeltern frischen Orangensaft zu. Nachdem er etwa zwanzig Minuten vergeblich gewartet hatte, ging er leicht enttäuscht nach oben und holte seine Reisetasche. Er wollte sie schon mal in der Ente deponieren, die er am gestrigen Mittag in einer Parkgarage an der Via Mazzini abstellte.

»Ein Einzelzimmer und einen Campari Soda an der Bar. Das macht dann Dreiundsiebzigfünfzig«, sagte der Mann, dessen übernächtigte Augenringe mittlerweile noch tiefer lagen als vor dem Frühstück. Joseph Wassermann steckte seinen Personalausweis wieder ein, zahlte die Rechnung und schob den Zimmerschlüssel über die Theke. Der Schnauzbart hängte ihn sogleich an seinen Haken und zog aus dem Kästchen mit der Nummer 18 eine Ansichtskarte heraus.

»Bitte schön, die soll ich Ihnen geben.«

Ohne das vordere Fotomotiv näher zu betrachten, drehte Wassermann die Karte um und las:

*Mein Lieber! Sehen wir uns noch mal, bevor Du abreist? Ich bin ab 12 Uhr in der Pasticceria Caravatti, direkt gegenüber vom Uhrturm. Küsse Dich, Chiara.*

Erst beim Hinausgehen wendete er die Karte, auf der ihn ein großes Lotusblütenmeer anlachte, dahinter die

Silhouette Mantovas. Er hielt die Botschaft für den Bruchteil einer Sekunde an seine Lippen und inhalierte das Aroma von Rose, Weihrauch und Patchouli.

## 26

Noch immer lag grauer Nebel über der Stadt, dessen Schwaden sich mit der herbstlichen Morgensonne zu einem Farbenspiel aus Silber und Safran vermischte und der vor allem die alles überragende Kuppel der Basilika in einen dunstigen Mantel hüllte, ganz so als wäre sie nie dagewesen.

Für seinen letzten Rundgang wählte er eine Route, die ihn von der Pescherie hinunter zum Hafen führte. Von dort wanderte er die stark befahrene Uferstraße ab, lief an der Rückseite des Palazzo Ducale sowohl an seiner Kirche als auch am Castello vorbei und schlenderte so lange am mittleren See entlang bis er durch die alte Stadtmauer auf die Piazza Virgiliana gelang, dem großen Erholungspark im Norden der Altstadt. Von hier aus brachten ihn einige verwinkelte Gassen direkt wieder zur Casa di Rigoletto, wo der traurige Hofnarr stand. Er schoss ein schnelles Handyfoto, machte anschließend einen Abstecher in den fast angrenzenden Dom und flanierte am Palazzo vorbei bis zum verwitterten Tor von San Pietro. Hier begannen die Arkaden mit ihren Cafés, Bars und Geschäften, die sich von der Piazza Broletto bis fast zur Basilika zogen. In der gesamten Altstadt waren an diesem Vormittag die Stände für den wöchentlichen Markt aufgebaut und ein lautes, hektisches Treiben beherrschte die sonst so gemütlichen Plätze Mantovas. Bis zwölf Uhr mittags war noch etwas Zeit, weswegen er sich in einer Seitenstraße mehrere Klamottenstände ansah, die längst auch hier in fester chinesischer Hand waren. Überhaupt kam ihm dieser Wochenmarkt vor wie ein Schmelztiegel verschiedener Kulturen. Neben heimischen

Ständen traf man auch auf Händler aus Indien, Pakistan oder Tunesien, aber auch aus Ghana, Gambia oder gar aus Bangladesch. Er genoss eine Weile die bunte Vielfalt, dann besorgte er in einer der vielen Konditoreien eine große, runde Sbrisolana, die neben den Kürbistortellini und den Senffrüchten zur kulinarischen Dreifaltigkeit der Region gehörte. Er wusste zwar nicht, ob Katja Berger harten Krümelkuchen mochte, aber irgendwer im Verlag freute sich bestimmt über sein Mitbringsel. Zu guter Letzt kaufte er einer Floristin eine weiße Rose ab, deren Blüte sich noch nicht entfaltet hatte und die er Chiara als Abschiedsgeschenk überreichen wollte. Dann endlich setzte er sich an den einzigen freien Tisch direkt vor der Pasticceria Caravatti, die an diesem Vormittag links und rechts von einem Handtaschenwühltisch und einem Kleiderständer geradezu eingeklammert wurde. Trotzdem war hier ein nettes Plätzchen, von dem aus er das geschäftige Marktgewusel in aller Ruhe beobachten konnte anstatt an allen Ecken und Enden darauf achtgeben zu müssen, niemandem auf die Füße zu treten.

Sein Blick schweifte über die Marktstände hinweg auf die Fassade des Palazzo Nuovo und hinüber zur astrologischen Turmuhr, die Chiara ihm gestern noch zeigte. Die erste Uhr bei der er – obwohl die Figur in ihrer Mitte wieder richtig herum gedreht war – das Gefühl hatte, die Zeit bliebe stehen. Erleichtert stellte er fest, dass genau in diesem Augenblick ein kleines Stück Normalität in sein Leben zurückkehrte. Vor ihm entfaltete sich das ganz gewöhnliche Alltagsleben einer norditalienischen Innenstadt. Keine unlösbaren Rätsel, keine geheimnisvollen Erscheinungen und auch keine seltsamen Begegnungen. Noch keine!

Endlich machte der Nebel einer hellen, strahlenden Sonne Platz, die die bis dahin frischen Frühtemperaturen spürbar anstiegen ließ. Wassermann zog sein Jackett aus, sah, dass es bereits zehn nach zwölf war und bestellte sich einen Café Doppio und ein Glas Gingerino. Noch immer geisterte Zucchero`s *Tredici buone ragioni* in seinen Ohren und er malte sich aus, wie er am Nachmittag Frau Eicher von seiner Buchsuche erzählen und aller Voraussicht nach am Sonntagmorgen wieder zurück nach Deutschland fahren würde. Dann zündete er sich eine seiner Luckies an und wartete mit innerer Aufregung auf die Königin der Nacht.

Leider vergeblich, wie er eine gute Stunde später ein für alle Mal feststellte, wobei er nicht wissen konnte, dass Chiara Bianchini die quirlige Atmosphäre des Wochenmarktes nutzte, um sich nicht sehr weit von ihm entfernt hinter den aufgestapelten Kartons eines Schuhstandes zu verstecken und ihn durch die tiefdunklen Gläser ihrer Sonnenbrille zu beobachten. Seine Gesten, seine Blicke, sein frisch rasiertes Gesicht. Die Art, wie er Menschen fixierte, den Frauen nachsah und sich mit den Leuten am Nebentisch unterhielt. Wie er immer wieder das Display zur Seite wischte, aus dem Glas trank, im Kaffee rührte, an der Postkarte roch und sich die Ärmel seines weißen Hemdes nach oben krempelte. Und sie beobachtete auch die großen, glücklichen Augen, die anfangs noch strahlten, dann aber wie bei einem Sonnenuntergang immer mehr an Kraft verloren bis sie von Dunkelheit und Traurigkeit abgelöst wurden. Als er sich schließlich eine Vase mit Wasser bringen ließ, um die Rose vor dem Verwelken zu retten, drehte sie sich weg und ging davon. Sie hatte zu große Angst, hier und jetzt von Amors Pfeil getroffen zu werden, auch wenn ihr längst klar war, dass der seinen Bogen bereits bis zum Äußersten gespannt und ihn zielgenau auf ihr Herz gerichtet hatte.

## 27

*An diesem Morgen tat ich das, was ich immer tat, wenn nach drei dunklen Neumondnächten die zunehmende Sichel wieder am Himmel zu sehen war. Ich pflegte meine Haare, warf den Kaftan über und suchte die Rotunde auf. In ihre Mitte legte ich den Regenbogenring und zog mit weißer Kreide einen Kreis, den ich in stiller Meditation ausmalte. Um ihn herum zeichnete ich sechs weitere Kreise, in welche ich mit verschiedenen Farben die ›Goldene Regel‹ aufschrieb, die in allen heiligen Schriften dieser Erde zu finden war. In Klammern setzte ich außerdem die jeweilige Glaubensrichtung dazu:*

Rot:
*»Man sollte sich gegenüber anderen nicht in einer Weise benehmen, die für einen selbst unangenehm ist; das ist das Wesen der Moral«*
*(Hinduismus)*

Orange:
*»Ein Zustand, der nicht angenehm oder erfreulich für mich ist, soll es auch nicht für ihn sein; und ein Zustand, der nicht angenehm oder erfreulich für mich ist, wie kann ich ihn einem anderen zumuten?«*
*(Buddhismus)*

Gelb:
*»Was du selbst nicht wünschst, das tue auch nicht anderen Menschen an«*
*(Chinesische Religion)*

*Grün:*

*»Alles, was ihr wollt, dass euch die Menschen tun, das tut auch ihr ihnen ebenso«*

*(Christentum)*


*Blau:*

*»Tue nicht anderen, was du nicht willst, dass sie dir tun«*

*(Judentum)*


*Violett:*

*»Keiner von euch ist ein Gläubiger, solange er nicht seinem Bruder wünscht, was er sich selber wünscht«*

*(Islam)*

## 28

Es gab sie immer wieder, diese Orte, an denen Joseph Wassermann, ohne es mit gesundem Menschenverstand erklären zu können, leichte Schwindelgefühle bekam. Meist waren dies kraftvolle Plätze in freier Natur, aber auch energiegeladene Gotteshäuser oder die Ruinen von Kultstätten vergangener Kulturen. Nicht unbedingt die großen, prächtigen Sehenswürdigkeiten einer Stadt, vielmehr die versteckten, magnetischen Plätze abseits der ausgetretenen Pfade, die schon vor Jahrhunderten mit geomantischen Methoden aufgespürt werden konnten. Dort wo im Laufe der Zeit dann oftmals Kirchen, heilige Schutzräume oder Steinkreise errichtet wurden. Einen solchen Ort gab es auch in Mantova. Er befand sich gleich neben dem Uhrturm und war ihm bereits gestern aufgefallen, als Chiara am frühen Abend kurzfristig zum Hotel zurückwollte und er sich noch weiter in der Stadt umsah. Heute allerdings musste er den runden Ziegelsteinbau erst wieder finden, da er knapp zwei Meter tiefer lag als alle anderen Gebäude und von den vielen Marktständen verdeckt und abgeschirmt wurde. Dass sich die Rotunde nicht auf der gleichen Ebene wie der Rest der Piazza befand, hing wohl auch damit zusammen, dass an dieser Stelle in früheren Zeiten ein antiker Tempel stand, auf dessen kreisförmigem Fundament später dann die Rotonda di San Lorenzo erbaut wurde, der mit Abstand ältesten Kirche Mantovas. Also lange bevor die Stadt unter die Herrschaft der Langobarden fiel und nach der Vertreibung der Bonacolsis von den Gonzagas verwaltet wurde. Lange, sehr lange vor dieser Zeit. Vielleicht gab es den Rundtempel ja schon zu Zeiten von Manto, der Seherin. Wer wusste das schon genau?

Das Innere der Rotunde bestand aus einer zentralen, etwa zwanzig Meter hohen Wandelhalle, die besonders gut von außen an der erhöhten Kuppel zu sehen und die von einem ringförmigen Gang umgeben war. Dieser wiederum ruhte auf wuchtigen Backsteinsäulen, die ursprünglich mal verputzt und mit Fresken bemalt gewesen sein mussten. Wassermann fiel aus allen Wolken, als er auf dem Steinboden die bunten Kreise entdeckte, die, da war er sich sicher, dieser seltsame Jesus dorthin gemalt und mit Sprüchen beschriftet hatte und die ihn zugleich an eine riesige Prilblume erinnerten, die seine Mutter in den 1970er-Jahren von Spülmittelflaschen abzog und damit die Küchenfliesen verschönerte. Er nutzte die Gelegenheit und stellte sich für einen kurzen Moment in den weißen Mittelpunkt, um von dort aus nach oben zu blicken und an dem runden Gewölbe entlang seinen Kopf kreisen zu lassen, als völlig unerwartet die Tür aufging.

»Den Hut kenne ich doch!«, sagte der Gaukler. Seine Worte verteilten sich hallend im ganzen Raum.

Mit dem Gefühl, bei irgendetwas Verbotenem ertappt worden zu sein, setzte Wassermann seinen Hut ab und legte ihn zusammen mit der Kuchentüte und der weißen Rose auf eine der Bänke, die im hinteren Bereich der Rotunde aufgestellt waren. Vor lauter Begeisterung hatte er wohl vergessen, ihn am Eingang abzunehmen. Tat er normalerweise immer, wenn er religiöse Stätten betrat.

Er nickte diesem Jesus kurz zu, staunte ein wenig, dass er seine Landstreicherklamotten gegen ein cremefarbenes Stoffgewand getauscht hatte und versuchte, die besondere Atmosphäre des Raumes mit Hingabe, Ehrfurcht und einigen Atemzügen zu verinnerlichen.

Ganz im Gegensatz zu diesem verrückten Sänger und Jongleur. Der ging einfach nach vorne zum Altar, verknotete seine Löwenmähne zu einem Dutt, den er unter einer hohen, mit einem Turbantuch umwickelten Mütze verbarg und – lächelte sein Lächeln! Hoch über ihm schwebte eine Gestalt, bei der die Arme zwar an ein Kreuz genagelt, deren Augen aber geöffnet waren und deren Beine sich frei bewegten. Ein Gekreuzigter, der den Tod bereits hinter sich brachte und sich nun wieder auf den Weg machte? Wassermann verstand in diesem Augenblick gar nichts mehr, musste er aber auch nicht, denn was dieser Jesus jetzt veranstaltete, war mit Worten so oder so nicht zu beschreiben. Er lief in die Mitte der Blume, legte seine Hände zusammen und stellte sich gleich darauf in den ersten seiner sechs Kreise. Dort schloss er die Augen und verweilte. Dann ging er zurück zur Mitte und stellte sich in den zweiten Kreis. Wieder mit geschlossenen Augen, wieder eine knappe Minute. Dasselbe tat er mit den weiteren Kreisen. Immer erst zurück zum Zentrum, dann drei Schritte nach vorne, Augen zu und nach einer kurzen Weile wieder zurück. Nachdem er schließlich den sechsten Kreis verlassen hatte und wieder in seiner Mitte angekommen war, sah er lächelnd nach oben und fing plötzlich an, sich um die eigene Achse zu drehen. Immer und immer und immer wieder, ohne Unterbrechung. Es war ein einziger, unendlich langer Derwischtanz, die reinste Ekstase, während in der Welt da draußen das Wochenmarktgeschehen von all dem nichts mitbekam und seinen ganz handelsüblichen

Geschäften nachging. Er drehte sich und drehte sich und drehte sich und drehte sich... und lächelte dabei!

»Himmel, was war das?«, fragte Joseph Wassermann, als der Tänzer seine unzähligen Kreisdrehungen nach und nach ausklingen ließ, um daraufhin völlig schwindelfrei hinter den Altar zu gehen, wo sein Seesack und der Hula-Hoop-Reifen lagen.

»Was das war? Nur ein kleiner Drehtanz, den ich einmal im Monat hier in diesen Mauern aufführe, nichts weiter.«

»Haha, nur ein kleiner Drehtanz sagst du? Das war ein Orkan!«

»Musst du mal ausprobieren. Dein ganzes inneres Sein fühlt sich an, als befände es sich exakt in der Mitte des Universums, während sich dein Körper wie..., ja du hast recht..., wie ein Wirbelsturm um diese innere Mitte dreht. Es ist als bist du ganz bei dir und doch mit allem und jedem in Verbindung.«

»Und das da? Das sind die bunten Kreise, die du in der ganzen Stadt wie Spuren hinterlässt...?«

»...und die sich hier in der Mitte der Rotunde wieder zusammenfinden«, ergänzte der Gaukler und lachte sein warmes Lächeln.

»Haben die irgendeine Bedeutung? Ich sah, dass du die äußeren Kreise mit Zitaten verschiedener Religionen verziert hast.«

»Naja, es muss ja nicht alles gleich so tiefgründig sein«, sagte er, während er die Sikke vom Kopf nahm, den Haargummi von seinen Dreadlocks löste und die dunklen Filzlocken mehrere Male hin und her schüttelte.

»Versuche die Kreise einfach als Symbol zu begreifen. Die äußeren Kreise stehen für Glaubensgemeinschaften, die gewisse Botschaften in die Welt tragen. Der mittlere Kreis dagegen steht für die göttliche Quelle, die in jedem Menschen fließt und pulsiert. Wenn du willst, kannst du die verschiedenen Kreise auch gerne wie eine Muschel sehen. Spiritualität ist die Perle in der Mitte, die in der Schale der Religionen verborgen liegt.«

Er sah den Gaukler lange an. Mit seinem Kaftan, dem Bart, den Dreads und den leuchtenden Blicken hatte er in diesem Moment tatsächlich etwas Himmlisches, sehr Liebevolles an sich.

»Du denkst wirklich, du bist Jesus, stimmt`s?«

»Quatsch, denke ich natürlich nicht, aber wenn Jesus nur ein anderer Begriff für Liebe ist, dann trage ich ihn in mir!«, lachte der Gaukler laut. »Aber da bin ich ja nicht der Einzige auf dieser Welt. Jeder Mensch trägt ihn in sich, auch du!«

»Woher willst du das so genau wissen?«

»Weil ich im Besitz einer über zweitausend Jahre alten Schrift bin, deren Botschaft aber erst jetzt die Menschen erreicht.«

»Das ist nicht dein Ernst«, entgegnete Wassermann nervös. »Was ist das für eine alte Schrift? Ich muss sie unbedingt sehen! Das ist sehr wichtig für mich.«

»Du darfst sie nicht nur sehen, sondern auch einen Ausschnitt davon lesen. Aber versprich` mir, dass du unsere Begegnung für dich behältst. Es ist noch zu früh, um mit der Botschaft nach draußen zu gehen. Die Menschheit ist leider noch nicht so weit.«

Dann öffnete er seinen Leinensack und holte ein dünnes Buch mit einem ledernen Umschlag hervor. Es dauerte eine Weile, bis er die richtige Stelle gefunden hatte.

»Bitte sehr!«

Wassermann drehte die aufgeschlagene Seite zu sich und begann zu lesen.

*Seit meiner Geburt und meinen Lehren sind ungefähr 2000 Jahre vergangen...*

»Lies laut!«

Er fing noch mal an:

*Seit meiner Geburt und meinen Lehren sind ungefähr 2000 Jahre vergangen, und was einst ein reißender Fluss war, ist zu einem dünnen Rinnsal geworden. Ihr habt mich rationalisiert und auf meinen Platz gestellt, ein herausgehobener Platz vielleicht – aber ein ferner. Ihr habt mich weit über euch gestellt, wo ich für euch keine Herausforderung mehr bin. Dadurch, dass ihr mich zu Gottes einzigem Sohn gemacht habt, habt ihr eine Entschuldigung dafür gefunden, nicht meinem Beispiel folgen zu müssen. Was für eine Bedeutung hat euer Glaube an mich, wenn ihr es nicht versucht?*

*Meine Lehre ist nicht intellektuell. Sie ist praktisch. ›Liebe deinen Nächsten‹ ist kein abstraktes Konzept. Es ist eine einfache, überzeugende Idee, die zum Praktizieren einlädt. Ich habe euch nicht zu einem Vortragsabend mit anschließender Diskussion eingeladen. Ich habe euch nicht gebeten, die Schriften auszulegen oder zu diskutieren. Ich habe euch gebeten, das zu tun, was euch so schwerfällt: über eure begrenzte Vorstellung von eurem Selbst hinauszugehen. Jede einzelne der Übungen, die ich euch gegeben habe, genügt, um euch ein ganzes Leben lang zu beschäftigen. Obwohl sie leicht zu verstehen sind, liegt die ganze Herausforderung in der praktischen Umsetzung. Ihr habt mich über euch gestellt, wo ich euch nicht berühren kann. Nimm mich vom Podest, mein Bruder, meine Schwester, und stell mich an deine Seite, wo ich hingehöre. Ich bin dir vollkommen und bedingungslos gleich. Was ich getan habe, wirst auch du tun und noch mehr. Nicht mein Denken und*

151

*Handeln werden dich erlösen, sondern dein eigenes. Solange du nicht der Christus wirst, der ich bin, wird es keinen Frieden geben in dieser Welt. Wenn du mich als König sehen willst, musst du selbst König werden.*

*Seht euch um und fangt zu zählen an. Immer wenn ihr bei Zehn angekommen seid, haben sich wieder zwei Kinder auf dieser Welt in den Hungertod gequält. Wenn ihr bis hundert gezählt habt, zwanzig, wenn ihr bis tausend gezählt habt, zweihundert! Jeden Tag und jede Nacht.*

*Wollt ihr die, die dafür verantwortlich sind, nicht endlich aus ihren Tempeln und Palästen vertreiben?*

*Lege bitte nicht diese Distanz zwischen uns, denn ich bin nicht anders als du. Was oder wer auch immer du bist – Bettler oder Dieb, Heiliger oder König – all das bin ich auch. Es gibt keinen Thron, auf den ich von euren Kirchen nicht gestellt, und keine Gosse, in die ich nicht gestoßen worden wäre. Nur weil ich die Tiefe von Freude und Schmerz gleichermaßen durchlebt habe, und nur deswegen, konnte ich die Pforte des Mitgefühls durchschreiten.*

*Ich wurde von einer einfachen Frau in einer Scheune geboren. Und die war nicht mehr Jungfrau, als deine Mutter es war. Ihr macht sie aus demselben Grund zu etwas Besonderem, aus dem ihr mich zu etwas Besonderem macht: um eine Distanz zwischen uns herzustellen, um sagen zu können, ihr könntet nicht tun, was ich getan habe.*

*Wenn mein Leben für dich überhaupt etwas bedeutet, musst du wissen, dass ich keinen besonderen Platz für mich beanspruche. Meine Mutter und ich sind auch nicht spiritueller als du. Wir sind dir in jeder Hinsicht gleich. Dein Schmerz ist unser Schmerz. Deine Freude ist unsere Freude. Wäre es nicht so, könnten wir nicht kommen, um zu lehren, dass Liebe den Hass genauso verdrängt, wie das Morgenlicht die Finsternis.*

*Halte uns also nicht weiter auf Armeslänge von dir. Umarme uns als deinesgleichen und verzichte daauf, vor einem gefolterten und gekreuzigten Abbild niederzuknien. Ich habe getanzt, gelacht, geliebt und gelebt. Wenn ihr schon unbedingt ein Bild von mir an die Wand hängen wollt, dann bitte ein solches!*

Wortlos gab Joseph Wassermann das Lederbuch zurück. Der Gaukler verstaute es wieder und kramte weiter unten zwischen all den anderen Dingen nach einer kleinen, würfelförmigen Holzschatulle.

»Hier, für dich. Das ist das Buch, das du suchst!«

Ihn wunderte plötzlich überhaupt nichts mehr, auch nicht dass dieser lächelnde Jesus wusste, warum er hier in Mantova war. Er legte das würfelzuckergroße Kästchen auf seine Handfläche und öffnete es. Zum Vorschein kam ein pyramidenförmiger, ungeschliffener Diamant.

»Was soll das?«

»Ich schenke ihn dir«

»Nein, sorry, aber den kann ich beim besten Willen nicht annehmen. Das ist ein echter Diamant!«

»Doch, doch, behalte ihn ruhig. Er ist nicht dazu bestimmt, ihn zu behalten. Bewahre ihn einfach nur gut auf und schenke ihn dann weiter.«

»Wem denn?«

»Dem nächsten Menschen, den du so aufrichtig liebst wie dich selbst«, sagte er, warf seine sieben Sachen über die Schulter und schnappte sich Wassermanns Hut.

»Brauchst du den hier noch?«, fragte er frech und zog von dannen.

## 29

Sylvia Eicher warf auch an diesem Donnerstag nach einem ausgiebigen Frühstück den Würfel über den Tisch und ließ sich überraschen, ob das Schicksal sie in die Wirklichkeit oder in die Traumwelt lockte. Er rollte knapp an der Obstschale vorbei, prallte dann aber gegen die vom Gasherd verrußte Edelstahlkanne und kam mit der Zahl Drei zum Liegen. Ein Tag zum Träumen.

Sie überlegte, ob sie mit dem Fährschiff von Torri del Benaco aus auf die andere Seite des Sees fahren und ein paar Stunden durch André Hellers botanischen Garten spazieren sollte. Sie liebte diesen Paradiespark über alles. Nicht nur wegen der Vielfalt der Pflanzen, auch aufgrund der kunstvollen Schätze, die es dort zu entdecken gab. Andererseits wollte sie aber auch in der Nähe sein, wenn Joseph Wassermann anrief. Also verwarf sie ihren Plan und ging hinunter zum Strand. Überm See löste gerade die ›Ora‹ den ›Vento‹ ab und wieder einmal drehte sich der Wind. Rauschende Wellen bäumten sich kurz vorm Ufer auf und brandeten klackernd über die Kieselsteine. Ein dunstiger Himmel mit gelblichem Herbstlicht schenkte dem See verschiedene Silbertöne, die sich, je nach Strömung, mal hell, mal dunkel auf der Wasseroberfläche wie große Teppiche ausbreiteten und dabei immer in Bewegung blieben. Sie setzte sich auf einen verrosteten Aluminiumstuhl, den einer der Sonnenuntergangsangler zurückgelassen hatte und versuchte auf der gegenüberliegenden Seeseite den ›schlafenden Napoleon‹ zu erkennen, der, wie ihr immer wieder Einheimische versicherten, in den Umrissen des Monte Pizzocolo zu finden war.

Mochten die einen dem Gardasee wegen seiner Bergwelt, seinen unzähligen Wassersportmöglichkeiten und seinem sommerlichen Dolce Vita zugetan sein, andere wiederum die Vergnügungsparks und die nächtlichen Bardolino-Ballermann-Partys bevorzugen, sie liebte den See in erster Linie schon immer seiner Farben wegen und seiner vegetativen Grenze zwischen Alpen und Meer. Auf dem Monte Baldo Kastanien und Fichten, an den Sonnenhängen Agaven, Opuntien, Zedern und Oliven und zum Wasser hin Oleander, Palmen, Zitronen und Zypressen. Oben Luchse, Steinböcke und Adler, weiter unten Möwen, Eidechsen und Schmetterlinge und ganz unten die Karpfen und Regenbogenforellen. Oder, wie ihr verstorbener Mann die Regionen auch immer gerne einteilte, im Norden der Chardonnay, im Südosten der Bardolino, im Süden sowohl Merlot als auch Lugana, weiter westlich der Groppello, nördlich von Verona der Amarone. Mit wunderschönen Ortschaften rund um den ganzen See, zauberhaften Plätzen im Landesinneren und einfachen, bodenständigen Menschen, die ihr Herz am richtigen Fleck trugen. Ganz besonders aber liebte sie den Gardasee wegen seiner Weisheit. Welche Natur auf dieser Welt war sonst in der Lage aufzuzeigen, dass sich der Wind immer wieder drehte, ganz egal welche Höhen oder Tiefen man auch zu überwinden hatte?

Sie beobachtete zwei Schwäne, die, einem älteren Ehepaar ähnlich, stillschweigend in die gleiche Richtung trieben und fragte sich, ob es wohl auch für Menschen möglich war, sich vom Fluss des Lebens einfach nur tragen zu lassen. Doch plötzlich störte der viel zu laute Klingelton ihres Mobiltelefons die Ruhe.

»Eicher.«

»Buongiorno, Joseph hier.«

»Joseph Wassermann, grüezi…ich dachte mir bereits, dass Sie heute anrufen.«

»Wie geht es Ihnen?«

»Danke, sehr gut. Ich sitze gerade unten am See und genieße die Natur. Und Ihnen? Sind Sie schon wieder zurück?«

»Nein, werde aber in einer knappen Viertelstunde losfahren. Soll ich dann zu Ihnen kommen? Ich glaube, ich habe Neuigkeiten für Sie.«

»Wirklich? Na, die möchte ich natürlich wissen…«

Sie dachte kurz nach und schlug vor, sich in Torri zu treffen.

»…irgendwo einen Kaffee trinken. Zuhause fällt mir langsam die Decke auf den Kopf«, fügte sie hinzu und lachte dabei leise.

»Wie Sie wünschen. Ich komme später nach Torri«, antwortete Wassermann und sah auf die Uhr. »Es ist jetzt zwanzig Minuten nach eins. Sagen wir um drei an der Hafenmauer?«

»Ich werde da sein.«

## 30

Statt den direkten Weg zur Parkgarage einzuschlagen, nahm Wassermann die Strecke von der Sant`Andrea-Basilika zur Piazza Cavalotti. Dies war zwar ein Umweg, aber er wollte nicht von Mantova wegfahren, ohne seiner Chiara wenigstens ein kleines Zeichen zu hinterlassen. Rund um die Piazza Marconi waren die letzten Markt-stände noch nicht abgebaut, trotzdem säuberten bereits gelb blinkende Kehrmaschinen die Straßen von Unrat. Am Café Venezia vorbei  hielt er sich rechts und steuerte über den Corso Umberto direkt auf das Hotel zu. Am Theater stoppte er kurz, weil er sich seiner Sache nicht mehr so recht sicher war, aber was hatte er schon zu befürchten? Also überquerte er die vielbefahrene Straße und betrat ein letztes Mal den Korridor des *Albergo Italia*. Am Empfang saß nun nicht mehr der Schnauzbartträger mit seinen viereckigen Augen, sondern, wie schon bei seiner Ankunft, die junge Veronika oder wie immer sie hieß. Sie wirkte ein wenig überrascht als er ihr wortlos die weiße Rose überreichte und fast hätte er es nicht übers Herz gebracht, ihre Freude darüber zu enttäuschen.

»Wären Sie bitte so freundlich und stellen diese Rose mit einer Vase vor die Tür von Zimmer 19?«

»Ja«, nickte sie, »das mache ich sehr gerne.«

Sie checkte kurz die Gästeliste und hielt ihm einen Kugelschreiber hin.

»Möchten Sie Signora Bianchini vielleicht noch eine Nachricht hinterlassen?«

»Nein, nein, das muss nicht sein. Vielen, lieben Dank«, antwortete er und ging wieder nach draußen, wo der Buchhändler vor seinem Laden stand und, als er ihn mit seiner Kuchentüte zielstrebig zum Parkhaus laufen sah, Grunzlaute von sich gab.

Um zum Auto zu gelangen, musste er auch an dem kleinen Rosengarten vorbei, der in dem Dreieck zwischen der Via Matteotti, dem ›Fluss‹ und der Pescherie lag und er brauchte nicht zweimal hinzusehen, um zu erkennen, dass die verhüllte Frau, die dort lustwandelte, die Wahrsagerin von Mantova war. Insgeheim hoffte er, sie würde ihn nicht erkennen und wechselte die Straßenseite, doch wenn er wirklich glaubte, eine Seherin sehe ihn nicht, machte er sich selbst etwas vor. Mit schnellen Schritten verfolgte sie ihn und klopfte ihm von hinten auf die Schulter.

»Herr Wassermann, warten Sie kurz!«

Er drehte sich um und tat so, als wäre er überrascht.

»Buongiorno Signora. Schön, Sie noch mal zu sehen. Ich reise gerade ab.«

»Ich weiß, darum habe ich auch auf Sie gewartet. Ich möchte Ihnen nur noch etwas mit auf den Weg geben.«

»Ach, wirklich?«

»Ja, hier, diesen Stein.« Sie übergab ihm einen flachen, grauen Kiesel auf dem das Wort BUCH geschrieben stand. Dann klopfte sie ihm erneut auf die Schulter und meinte: »Bleiben Sie achtsam und haben Sie Geduld. Bald bekommen Sie eine Nachricht, die Ihr Leben auf die Beine stellen wird.«

»Sie meinen auf den Kopf?«

»Nein, auf die Beine. Auf dem Kopf steht es ja nun schon lange genug.«

Ein vor Lachen wackelnder, violetter Schleier sowie ein goldenes und ein silbernes Auge waren das Letzte, was er von Mantova sah. Dann lenkte er die Ente auf die

Autobahn und schob eines der Rossetti-Hörbücher in den CD-Player. Kurz vor Verona aber, etwa zum Ende der Szene, in der Claudio Rossetti sich mit Händen und Füßen dagegen wehrte, dem dummen Commissario seine unerlaubte Handfeuerwaffe auszuhändigen (*»Ja sind Sie eigentlich von allen guten Geistern verlassen??? Leben wir denn hier im Wilden Westen?«*), drückte er wieder die Off-Taste.

Keine Frage, die Tonaufnahmen der von Meister Töppke gewünschten Neuauflage würde er besser hinkriegen als der bisherige Sprecher. Schließlich war er es, der Rossetti, den Kommissar und auch die vielen anderen Protagonisten fast besser kannte als sich selbst und gerade deshalb den Figuren wesentlich mehr Emotionen in die Stimme legen konnte. Aber damit wollte Wassermann sich dann immer noch befassen, wenn er wieder zurück in Bayern war. Jetzt besann er sich erst einmal darauf, wie er Frau Eicher von seinen Erlebnissen berichten sollte, ohne ihr zu viel Persönliches zu erzählen. Er war sich nicht sicher, ob sie es nachvollziehen konnte, dass er innerhalb von nur vierundzwanzig Stunden zu einem neuen Menschen geworden war, denn wenn er es sich genau überlegte, dann kam es ihm so vor, als sei er bei seiner Ankunft im Hotel in eine Waschmaschine gesteckt und nach zigtausenden von Umdrehungen und einem derwischartigen Schleudergang wieder herausgeholt worden. Aber vielleicht war alles auch noch viel zu präsent und er sollte sich erst einmal einige Tage zum Trocknen an die frische Luft hängen. Da kam es ganz gelegen, dass er endlich die großen Windräder vor sich sah und die Autobahn bei Affi verließ, um beim kurzen Stopp am Mauthäuschen sein Faltdach aufzuklappen. Gleich vor Albarè machte er ein weiteres Mal Halt, um sich von einem Straßenobsthändler sizilianische Orangen und eine Handvoll Kirschen einpacken zu lassen, dann trat er aufs Gaspedal und rollte die Ente von Costermano hinunter nach Garda und weiter nach San Vigilio. Pünktlich um drei erreichte er schließlich den großen Parkplatz vor der historischen Scaligerburg in Torri.

## 31

»Wie? Der hat Ihnen wirklich einen Diamanten geschenkt?«

Sylvia Eicher stützte sich auf ihren Spazierstock und schüttelte ungläubig den Kopf.

»Ja, wirklich. Moment, ich zeig` ihn Ihnen.«

Sie hatten etwa die Hälfte der Strandpromenade hinter sich gelassen als sie sich auf eine Bank setzten und den kleinen, matten Edelstein begutachteten.

»Der ist sehr wertvoll«, kommentierte die alte Frau. »Aber er muss noch geschliffen werden.«

»Ich weiß nicht so recht«, sagte Wassermann. »Dieser Gaukler meinte, ich solle ihn nur aufbewahren und ihn zu einem späteren Zeitpunkt weitergeben.«

»Alles schön und gut, aber das können Sie ja dann auch in geschliffenem Zustand tun. Wer weiß, vielleicht finden Sie eines Tages die Frau Ihres Lebens. Was glauben Sie, was die für Augen macht, wenn Sie mit einem so kostbaren Stein einen Heiratsantrag machen.«

Er fixierte den Punkt wo sich auf der Seemitte die beiden Autofähren kreuzten, die sich von Torri nach Maderno und von Maderno nach Torri bewegten und dachte an Chiara Bianchini.

»Naja, heiraten…«, nuschelte er.

»Wie bitte? Sie müssen schon etwas lauter reden.«

»Warum gleich heiraten?«, hob er seine Stimme an und war froh, dass sie nicht näher darauf einging. Stattdessen schlug sie vor, noch ein weiteres Stück am See entlang bis zum Kirchplatz zu laufen.

»Wir können ja im *Berengario* ein Stück Tiramisu essen und dann durch die Gasse wieder zurück zum Hafen spazieren. Ich habe auf dem großen Parkplatz vor der Burg geparkt, Sie auch?«

»Ja, da stehe ich auch.«

Nur wenige Urlauber waren an diesem Nachmittag unterwegs und man merkte, dass sich die diesjährige Hochsaison Tag für Tag dem Ende zuneigte. Selbst die Hauptgasse mit ihren malerischen, alten Häusern und der Bereich rund um die Burg waren so gut wie menschenleer, sah man einmal von einer Handvoll sportlicher Männer ab, die, in hautenge Hosen und quietschbunte Werbetrikots gepresst, schicke, teure Rennräder vor sich herschoben.

Das schöne Wetter lud dazu ein, sich auf der Terrasse des Restaurants einen sonnenbeschirmten, abgelegenen Tisch zu wählen, wo er und Frau Eicher sich ungestört unterhalten konnten. Nachdem der Chef des Hauses Kaffee und Kuchen gebracht hatte – seine sechs Angestellten schickte er bis zum Abendgeschäft in die Pause – lauschte die Witwe Wassermanns Erlebnissen, der dabei weit mehr ins Detail ging, als er ursprünglich wollte. Selbst die Bilder, die er im Beisein der Wahrsagerin sah, riss er kurz an, obwohl er sich noch immer nicht richtig sicher war, ob er all das, was er in der vergangenen Nacht erlebte, nicht doch nur geträumt hatte. Er schilderte ihr von seiner Begegnung mit dem durchgeknallten Buchhändler, dem rätselhaften Labyrinthzimmer, vom Hofnarr Rigoletto, dem Wochenmarkt und natürlich von Chiara und den Kreisen des Straßengauklers.

Als die Erzählung zu Ende war, hatte Sylvia Eicher sichtlich Mühe, ihre Euphorie im Zaum zu halten.

»Was für eine Geschichte! Sie haben hoffentlich ein paar Notizen oder Fotos gemacht? Das ist ja wirklich unglaublich.«

»Nein, leider nicht. Ich hatte gar keine Zeit dafür. Kann sein, dass ich ein paar Fotos auf dem Handy habe, da muss ich später mal nachsehen.«

»Und die Dame aus der Bibliothek? War sie sich ganz sicher, dass es das Buch tatsächlich gibt?«

»Es klang zumindest so, aber glaubt man der geheimnisvollen Kartenlegerin, dann muss es wohl erst noch geschrieben werden.«

»Diamanten aus Mantova, sagten Sie?«

»Diamante di Mantova«, verbesserte er. »Ja, so heißt das Buch wohl. Verrückt, nicht wahr? Ausgerechnet ein Diamant…«

Die alte Frau schob das letzte Stück Tiramisu auf die Gabel und blickte ihn erwartungsvoll an.

»Bitte, lieber Joseph, schreiben Sie auf, was Ihnen in Mantova widerfahren ist. Ihnen als Schriftsteller dürfte das doch recht leicht von der Hand gehen. Schreiben Sie Geschichte. Tun Sie es für sich, für mich, für alle!«

Und zurück am Parkplatz sagte sie noch:

»Ich glaube, ich muss Ihnen ganz dringend etwas überreichen. Kommen Sie doch morgen Mittag einfach noch mal kurz bei mir vorbei, in Ordnung?«

## 32

Nach einer weiteren, sehr kurzen Nacht – die Bilder von Mantova und vor allem von Chiara wollten ihm einfach nicht aus dem Kopf – brühte er Kaffee auf und fing an, tatsächlich ein paar Sachen zu Papier zu bringen, die ihm den Schlaf raubten. Dazu nahm er sein Notizbuch aus der Schublade, das eigentlich für Rossetti`s Geistesblitze gedacht war und versuchte zunächst, die verschiedenen Stationen auf die Reihe zu bekommen, an denen er überall dem Gaukler begegnete. Auch die sechs Farben seiner Kreise – rot, orange, gelb, grün, blau und violett – kriegte er noch nach längerem Nachdenken hin, außerdem malte er, mehr schlecht wie recht, die Prilblume unter seine Aufzeichnungen. Vielleicht, so dachte er, hatte Frau Eicher Recht. Er sollte das, was er da erlebte, schriftlich festhalten solange die Eindrücke noch frisch waren. Kam ihm erst die Korrektur des neuen Rossetti und diese angekündigte Hörbuch-Box dazwischen, würde die Erinnerung an Mantova sicher bald verblassen. Er beschloss, noch bevor er bei der Villa der Schweizerin vorbeischaute, einen Schreibblock zu besorgen und fuhr seinen Laptop hoch. Unzählige Mails warteten darauf, beantwortet zu werden und auch sein Facebook-Account konnte mal wieder Neuigkeiten vertragen. Mehrere Fans, die sich mit ihren Postings gerne als Hobbydetektive ausgaben, drängten bereits dazu. Trotzdem bearbeitete Wassermann nur das Wichtigste und führte lediglich ein paar dringende Online-Überweisungen durch. Er mochte es überhaupt nicht, am Gardasee mit den Realitäten in Deutschland konfrontiert zu werden, aber manche Dinge duldeten einfach keinen Aufschub. Anschließend warf er einen Blick in den Kühlschrank, der außer Essiggurken, einem angebrochenen Stück Parmesan, einer Packung Gorgonzola und einem halben Glas verschimmelter Erdbeermarmelade nicht allzu viel hergab, um ein halbwegs vernünftiges Frühstück zuzubereiten. Also sprang er schnell unter die Dusche, fuhr hinauf zu Linda, die ihm auf der Piazza von Pai einen Latte Macchiato und zwei Croissants servierte. Womit er sich auch den Weg nach Castelletto sparte, da die gute Linda in ihrem Büro einen ganzen Stapel frischer Schulhefte hortete, die eigentlich für ihren Sohn Giacomo bestimmt waren. Klar, Joseph Wassermann hätte seine Mantovageschichte auch ohne weiteres in den Computer tippen können, aber so ein liniertes Grundschulheft mit einer besenfliegenden Hexe vorne drauf, das hatte schon auch seinen ganz eigenen Reiz. Abgesehen davon schrieb er gerne noch mit der Hand, die Erkennbarkeit seiner Schrift ließ aufgrund der ewigen Tipperei in den letzten Jahren sowieso schon zu wünschen übrig. Nicht dass er das wahre Schreiben noch ganz verlernte. Schreibschrift? Kannte das im 21. Jahrhundert überhaupt noch wer?

So gegen halb zwölf trafen im *San Marco* die ersten Handwerker zum Mittagessen ein, so dass Linda es plötzlich sehr eilig hatte, die weiteren Tische herzurichten. Sie beendeten ihren kleinen Plausch und Wassermann lenkte seine Ente durch die atemberaubend enge Einbahnstraße von der Kirche hinunter zum Turm, bog dort nach rechts auf die Gardesana ab und erreichte keine fünf Minuten später die Auffahrt zur Via Salto. Doch schon in der ersten Kurve ging nichts mehr weiter. Sowohl ein dunkelblauer Fiat Punto der Carabinieri als auch das blauweiß gestreifte Fahrzeug der Polizia Locale versperrten die

Durchfahrt. Gleich vor Sylvia Eichers Haus leuchtete das schwenkende Blaulicht eines Rettungswagens und in der Hofeinfahrt stand ein silberner Leichenwagen mit schwarz getönten Scheiben. Wassermann bekam einen Riesenschreck und schon wenige Minuten später wurden seine schlimmsten Befürchtungen bestätigt, denn einer der örtlichen Polizisten kam an sein Auto und wollte wissen, wo er hinzufahren gedenke.

»Eigentlich dort vorne hin. Zu Hausnummer 10.«

»Tut mir leid, da können Sie jetzt nicht durchfahren. Sind Sie ein Verwandter der Toten?«

»Frau Eicher ist tot?«. Ihm stockte kurz das Blut in den Adern.

»Kennen Sie die verstorbene Person?«

»Äh…ja…eigentlich nur flüchtig. Wir waren hier verabredet.«

»Einen Moment, bitte. Warten Sie hier.«

Der Polizist ging zu einem der Carabinieri, redete kurz mit ihm und zeigte mit dem Finger in seine Richtung. Zu zweit kamen sie zurück, doch jetzt redete der Mann in Uniform.

»Was wollten Sie von Signora Eicher?«, fragte er streng.

»Sie besuchen. Sie bat mich, heute Mittag zu ihr zu kommen. Aber, bitte, was ist denn passiert?«

»Da dürfen wir Ihnen leider keine Auskunft geben. Könnte ich bitte mal Ihre Dokumente sehen?«

Wassermann holte aus seiner Geldbörse den Personalausweis und unterm Fahrersitz die Kunststoffmappe hervor, in der er seine Kraftfahrzeugpapiere aufbewahrte.

»Schon gut, der Ausweis genügt«, sprach der Polizist, während der Carabiniere mit dem eingeschweißten Pass zu seinem Fiat Punto ging, über ein Mobiltelefon die Personalien durchgab und ihm wenige Minuten später das Dokument wieder durch das nach oben geklappte Enten-Fenster reichte.

»Alles in Ordnung, Herr Wassermann. Nur eine Frage noch. Wann haben Sie die Signora zum letzten Mal gesehen?«

»Das war gestern«, antwortete er sichtlich nervös, obwohl es gar keinen Grund dazu gab. Er hatte einfach zu viele Tatort-Folgen in seinem Leben gesehen und anscheinend auch zu viele Krimis geschrieben. »Gestern Nachmittag, in Torri.«

»Können Sie mir sagen, was für einen Eindruck Frau Eicher auf sie machte? War sie gesundheitlich angeschlagen oder geistig verwirrt?«

»Nein, nicht das ich wüsste. Im Gegenteil, sie wirkte recht fidel und lachte viel. Nur das Laufen strengte sie immer wieder sehr an.«

»Gut. Wenn Sie dann bitte wieder umkehren und die Straße frei machen würden. Wir dürfen Sie leider nicht ins Haus lassen. Sollten wir noch Fragen haben, melden wir uns bei Ihnen.«

Joseph Wassermann ließ den 2CV zurückrollen und schwenkte mit seinem Hinterteil in die Einfahrt des nächstliegenden Anwesens ein. Doch in dem Moment, als er die Revolverschaltung in den ersten Gang drücken wollte, kam völlig aufgeregt eine leicht dickliche Frau aus dem Haus und war die Nächste, die ihn am Weiterfahren hinderte.

»Signore, Signore, per favore, uno momento!«, rief sie laut. Er stellte den Motor ab und stieg aus dem Wagen.

»Ja?«

»Bitte entschuldigen Sie, aber sind Sie Signore Wassermann«

»Der bin ich, ja. Was kann ich für Sie tun?«

»Mein Name ist Rosa. Ich bin eine Freundin von Frau Eicher. Es ist alles so furchtbar!«

Wassermann sah, dass der Frau Tränen in den Augen standen.

»Was ist denn genau passiert?«, fragte er.

»Das weiß ich selbst nicht. Als ich heute Morgen zu ihr kam, saß sie leblos in ihrem Sessel. Sie sah nicht so aus, als sei ihr etwas Schlimmes passiert, im Gegenteil, sie hatte einen sehr zufriedenen Ausdruck im Gesicht. Ja, fast lag ein kleines Lächeln auf ihrem Mund und in ihrer Hand hielt sie ein Foto.«

»Ein Foto?«

»Ja, ein Foto auf dem ihr verstorbener Mann zu sehen ist. Er winkte ihr von einem Boot zu. Keine Ahnung. Mein Gott«,…und dabei breitete sie die Arme zum Himmel…»wie konnte das nur geschehen? Gestern Abend war sie doch noch da!«

»Nun beruhigen Sie sich doch, Rosa. Woher wissen Sie, wer ich bin?«

»Frau Eicher erzählte mir, dass Sie heute vorbeikommen wollten. Aber bitte, Signore, treten Sie doch kurz ein. Ich habe etwas für Sie!«

»Wie? Was meinen Sie?«

»Kommen Sie…«

Er folgte der Frau ins Haus und weiter in die Küche, wo er sich erlaubte, Platz zu nehmen.

»Möchten Sie einen Kaffee?«

»Oh nein, vielen Dank. Ich hatte heute schon. Lieb von Ihnen.«

Dann ging sie in eines der Nebenzimmer und kam mit einem etwa faustgroßen Wildlederbeutel wieder, der an seiner Öffnung mehrfach zugeschnürt war und den sie ihm in die Hand drückte.

»Hier. Das soll ich Ihnen geben.«

»Was ist das?«. Er stellte diese Frage mehr aus Überraschung denn aus Neugier.

»Ich weiß es nicht«, antwortete Rosa. »Signora Eicher gab ihn mir gestern Abend diesen Beutel und bat mich, ihn Ihnen zu geben, falls ihr eines Tages etwas zustoßen sollte. Das dieser Tag schon heute sein würde, oh mein Goooooooottt!«

Wieder breitete sie die Arme aus und sah mit flehenden Blicken zur Küchendecke. Ganz ehrlich, Joseph Wassermann kam das Ganze irgendwie unheimlich vor und er ging für einen kurzen Moment davon aus, dass Frau Eicher genau wusste was sie tat. Wahrscheinlich hatte sie sich auf irgendeine Art das Leben genommen. Mit Tabletten oder vielleicht auch mit einer Dosis Gift. Sobald die Ärzte mit ihren Untersuchungen fertig waren, erfuhr wahrscheinlich sowieso das ganze Dorf, warum die alte Schweizerin nicht mehr unter ihnen war. Für ihn zumindest passte alles ins Bild. Die tiefe Sehnsucht nach ihrem Mann, das Foto in ihren Händen, die Geschichte mit der geheimnisvollen Schrift und das Geschenk, das sie ihm in diesen Minuten überreichen wollte. Keine Frage, die Sache war rund. Würde Rossetti jetzt sagen.

»Sie sind mir nicht böse, wenn ich den Beutel vorerst nicht öffne?«

»Aber nein, bitte, nehmen Sie ihn mit und sehen Sie in aller Ruhe nach.«

Wassermann bedankte sich, ging mit ihr vor die Tür und verspürte das Gefühl, die arme Frau mit einer Umarmung zu trösten. Dann ließ er den Motor wieder an und fuhr zurück nach Pai, wo er sich unten am Strand auf die Holzbalken eines Privatstegs legte und lange Zeit in den Himmel starrte. Schließlich hob er die Beine in die Luft und rollte seinen Rücken mit so viel Schwung nach vorne, bis er aufgerichtet war. Sein Blick wanderte die gegenüberliegende Uferseite von Toscolano bis nach Gargnano ab, dann öffnete er den Lederbeutel. Sofort sprang ihm der hölzerne Würfel ins Auge. Und mit ihm mehrere graue, mit Wörtern beschriftete Kieselsteine, die ihn, da musste er nicht groß rätseln, sofort an die Steine von Kapukalakapa erinnerten. Fast hätte er den Beutel vor sich ausgeleert, doch durch die fingerbreiten Ritzen der Holzbalken wären sicher einige der flacheren Steine in den See gefallen und nie wieder gefunden worden. Frau Eicher war tot... er fasste es nicht.

## 33

»Ich habe wirklich nicht den blassesten Schimmer. Der meldet sich seit Wochen nicht mehr. Geht nicht ans Telefon, ist nirgendwo online, hat Skype deaktiviert und auch die Vermieter wissen angeblich nicht, wo er ist. Ich versuch` ja alles!«

Katja Bergers Worte klangen mehr als verzweifelt, zumal Herr Töppke keinerlei Anstalten machte, auch nur einen winzigen Funken Verständnis für die Situation aufzubringen.

»Dann soll er bleiben wo der Pfeffer wächst«, schimpfte er, während er lustlos in seiner Frühstückstasse herumrührte auf denen die eigentlich komisch gemeinten Worte *Ich Chef, Du Nix* gedruckt waren. Selbstverständlich spülmaschinenfest.

»Was soll ich denn machen? Ihn aus meinem Ärmel zaubern?«

»Es ist mir völlig gleich, wie du es machst, aber bring` ihn her. Der soll endlich hier antanzen und seine Sachen erledigen. Ich kann nicht noch mal das Aufnahmestudio stornieren. Haben wir einen Goldesel im Haus, oder was?«

»Wie soll ich ihn denn herbringen, wenn ich noch nicht mal weiß, wo er ist? Das letzte Lebenszeichen kam aus einer Stadt namens Mantova. Soll ich vielleicht den ganzen Stiefel abfahren und ihn suchen? Der könnte ja weiß Gott wo untergetaucht sein.«

Katja Berger merkte, dass sie sich um Kopf und Kragen redete. Sie kannte Töppke zu gut. Wenn der schon mal so wütend reagierte, dann meinte er es wirklich ernst.

»Dann pack` deine Sachen und fahr` zum Gardasee. Sprich mit seinen Vermietern, irgendeine Spur muss er ja hinterlassen haben. Von mir aus auch nach Mantuvi oder wie diese Stadt heißt, mir völlig egal. Aber bring` ihn hierher! Wir brauchen spätestens bis Silvester das neue Rossetti-Manuskript. Wenn du und dein Lektorat noch mal drüber sollen, und so wie ich unseren lieben Joseph einschätze, muss das Lektorat da noch tausendmal drüber, dann wird`s sowieso ziemlich knapp mit dem Erscheinungstermin. Die Hörbücher können von mir aus warten, aber der neue Rossetti liegt noch vor Weihnachten hier auf meinem Tisch! Verstanden, gnädige Frau?«

»Aber es ist bereits Ende Oktober…«. Und um dies dick zu unterstreichen, schob sie, eigentlich komplett unnötig, den Vorhang vor Töppkes Bürofenster zur Seite und zeigte auf die Birke mit ihren nur noch wenigen, braungelb gefärbten Blättern.

»Ja, worauf wartest du dann noch?«, brüllte er.

Sie ging kurz in sich und überlegte, wo sie am besten anfangen sollte. In seiner Ferienwohnung in Pai, da hatte Töppke schon recht. Sie musste nur aufpassen, dass sie sich jetzt nicht verplapperte. Es ging ihren Chef nicht im Geringsten etwas an, dass sie vor zwei Jahren mal mit Joseph dort ein verlängertes Wochenende verbrachte. Wenn der herausfand, dass seine Lektorin was mit einem ihrer Autoren hatte, konnte sie sich umgehend einen neuen Job suchen.

»Okay, ich fahre nach Italien. Versuche die Ferienwohnung zu finden. Übermorgen, Allerheiligen, ok?«

»Die Spesen rechnen wir hinterher ab«, sagte Töppke emotionslos, ließ den Löffel mit einem Klimpern in die Tasse fallen und wünschte »Gute Fahrt«.

172

## 34

Natürlich hatte sich Wassermann in den vergangenen
vier Wochen nicht vom Fleck bewegt. Ida Aloisi, seine
Vermieterin, bat er, auf keinen Fall irgendwelche ihn
betreffenden telefonischen Anfragen zu beantworten,
dann verschanzte er sich in seinem Ferienappartement
und füllte wie besessen die Schulhefte von Giacomo.
Erst eins, dann zwei, und noch ein drittes, zumindest bis
zur Hälfte. Alles in Handschrift und alles in einem Flow,
der selbst ihn überraschte.

In einem weiteren Heft – kariert, nicht liniert – ent-
warf er Skizzen, Spannungsbögen, Steckbriefe und er
notierte spontane Bilder und Eindrücke, die ihm während
des Verfassens ins Gedächtnis kamen. Nur zum Ende
hin, da kriegte er die Kurve nicht so richtig. Von welcher
Seite er die letzten Kapitel auch anging, es fehlte eine
schlüssige Auflösung, was ihn regelrecht quälte, da er das
ungute Gefühl hatte, ein großes Versprechen nicht einzu-
lösen. Erst nachdem er die Erzählung schweren Herzens
für zwei, drei Tage ruhen ließ, ging ihm ein Licht auf:
Solange er das Rätsel der Steine nicht gelöst hatte, genau
solange würde die Geschichte auch kein echtes Ende
finden!

Bereits an jenem Tag, an dem Sylvia Eichers hiesige
Freunde einen Trauergottesdienst organisierten und im
Anschluss daran ihre Leiche in die Schweiz überführt
wurde, verbrachte Wassermann den Rest des Tages in
seinem Zimmer und fragte sich fortlaufend, was diese
beschrifteten Kieselsteine bedeuten sollten, die er von
der Verstorbenen erbte. Er konnte sie schieben, tauschen
und aneinander reihen, er kam einfach auf kein Ergebnis.

Wie auch immer er die Wörter zusammen schob, sie ergaben keinen Sinn.

Was wollten ihm all die Begriffe mitteilen? LIEST reimte sich auf SIEHST, ok, aber ENDE, REISE, SCHLIESSEN, BOTSCHAFT, ZWISCHEN, REICHE, KREISE, ZEILEN…???

Ganz abgesehen von den kleineren Steinen, auf denen nur so kurze Begriffe wie UND, VON, ZU, DIES, DAS, IST, WENN, NUN, SICH, DIESER, HIER, BUNTEN, ZUM oder DEIN zu lesen waren. Das Wort DIE gab es sogar dreimal, DU und MICH je zweimal und auch das Wort HAND lag doppelt vor ihm. Sämtliche Buchstaben waren groß geschrieben und mit verschiedenen Farben eingraviert, was ihn beim Lösen des Rätsels nur noch mehr verwirrte, da er bei einigen Signalfarben wie rot oder orange immer wieder glaubte, sie seien wichtiger als die anderen, was aber ein Irrtum war. Außerdem besaß er ja auch noch den Stein der Wahrsagerin mit dem Wort BUCH, was ihn komplett verwirrte. Irgendwann gab er auf, legte die Steine zurück in den Beutel und zündete ein Licht für Frau Eichers Seelenreise an.

Erst jetzt, nachdem er sich über Wochen die Finger wund geschrieben hatte, holte er das Geschenk wieder hervor und leerte seinen Inhalt ein zweites Mal auf den Küchentisch. Nicht nur die sechzehn unterschiedlich großen Steine fielen heraus, sondern auch der Holzwürfel, von dem die alte Dame ihm im Sommer erzählte. Ihn legte er etwas abseits und dann versuchte er erneut, mit unzähligen Varianten die Steine zu entschlüsseln, doch weder von links nach rechts, noch von oben nach unten ergaben die Wörter einen Zusammenhang. Und diagonal schon gar nicht.

Nach einigen Stunden kapitulierte er erneut, stellte einen Topf Wasser auf den Herd und kochte Spaghetti mit Fertigsoße, die er mit klein geschnittenen Oliven, einer Gewürzmischung *Arrabiata* und gehobelten Parmesanscheiben anreicherte. Dazu drei Gläser Bardolino und noch vor Mitternacht fiel er in einen tiefen Schlaf, in dem ihm ein paar Mal der Gaukler von Mantova erschien, was er am nächsten Morgen aber nicht mehr wusste.

Vielleicht war das ja der Grund, warum er den ganzen Vormittag wie gerädert zwischen Bett und Küche hin und her schlich und nicht so wirklich was auf die Reihe brachte. Das änderte sich allerdings schlagartig, als er vor dem Haus einen Wagen vorfahren hörte und nur wenige Minuten später Ida an seine Wohnungstür klopfte. Er zog den Bademantelgürtel enger und öffnete.

»Buongiorno Giuseppe...«, sie nannte ihn immer so, »...du hast Besuch!«

Sie trat einen Schritt zur Seite und machte den Blick auf einen metallic-schwarzen VW Golf oder VW Polo frei, er wusste es nicht genau, interessierte ihn auch nicht. An seiner geöffneten Heckklappe stand Katja Berger in hautengen, verwaschenen Jeans, grünschwarz kariertem Holzfällerhemd und weißen Sportschuhen. Die Haare versteckte sie unter einem grünen Baseball-Cap mit schwarzem Nike-Balken, wobei sie ihren blonden Zopf durch die hintere Öffnung nach außen hängen ließ. Mit einer Hand stemmte sie ihre Hüfte, mit der anderen hielt sie sich oben an der Heckklappe fest. Dabei grinste sie von einem Ohr zum anderen und genoss den Triumph, ihn nach so langer Zeit der Kontaktlosigkeit auf Anhieb gefunden zu haben.

»Katja!«, rief er ihr zu. »Wie kommst Du denn hier-her?«

»Ganz einfach. Zündschlüssel umdrehen, ersten Gang einlegen und losfahren«, flapste sie und holte eine voll-gepackte Sporttasche und auch ihre braune Handtasche aus dem Kofferraum, an der lange Fransen baumelten, die ihn an ein Old-Shatterhand-Kostüm erinnerten, das er als kleiner Junge mal für Kinderfaschingsbälle im Schrank hängen hatte.

»Haha, sehr witzig«, mäkelte Wassermann zurück, merkte aber schnell, dass er sich freute. »Das ist ja eine echte Überraschung!«

Er schlüpfte in seine Plastik-Croqs, die vor der Haus-tür standen, lief ihr entgegen, umarmte sie kurz und nahm ihr die Tasche ab.

»Ich hoffe, du hast nicht etwa Damenbesuch? Falls ja, vielleicht könnte mir die gute Frau einen Kaffee machen. War eine lange Fahrt«, frotzelte Katja weiter.

»Warum so zynisch? Schlecht gelaunt?«

»Och nö…wie könnte ich schlecht gelaunt sein, wenn mich der Chef an einem Feiertag nach Italien schickt, um einen gewissen Herrn Wassermann ausfindig zu machen, der es seit Wochen nicht für nötig hält, auch nur einen Mucks von sich zu geben und ich für ihn meinen Kopf hinhalten muss. Hab` ich auf der Stirn ›Blöd‹ stehen?«

Da er wusste, dass sie sich erst einmal abreagieren musste, ließ er sie einfach weiterreden und zog sich Shirt und Hose an. Dann stellte er die Espressokanne auf den Herd, ging kurz ins Bad und putzte sich die Zähne. Als er zurückkam, dampfte und gurgelte die *Moka* bereits und frischer Kaffeegeruch flog ihm entgegen. Er schenkte ihr und sich ein und streckte das Koffein mit kalter Milch.

»Was ist das?«, fragte sie.

»Was? Das ist Milch.«

»Nein, ich meine diese Steine hier. Was ist das?«

»Erzähle ich dir später. Sieht nach einem Rätsel aus…«

»Wie? Du sitzt hier am Gardasee, scrabbelst und löst Rätsel, während wir auf dein Manuskript warten? Ich fasse es nicht!«

»Keine Sorge, du bekommst das Manuskript. Lass` dich überraschen.«

Er zeigte auf die drei Schulhefte, die auf der Fensterbank lagen, doch er war noch nicht so weit, die Karten offen auf den Tisch zu legen. Erst wollte er herausfinden, warum Katja wirklich hier war.

»Ich weiß, du lächelst das alles ganz cool weg, aber Meister Töppke ist nicht unbedingt zum Spaßen aufgelegt«, fügte sie noch hinzu nachdem sie ihm ausführlich berichtete, wie die Stimmung im Verlag war und niemand etwas für sein Abtauchen übrig hatte. »Der ist kurz davor deinen Vertrag zu kündigen und dich hochkant aus dem Programm zu schmeißen, wenn ich nicht mit dir und dem neuen Rossetti-Manuskript zurückkomme. Besser, du packst deine Sachen und wir fahren morgen direkt in sein Büro.«

Er blickte aus dem Fenster und sah hinunter zum See.

»Das geht nicht.«

»Das geht sehr wohl!«

»Nein, das geht wirklich nicht. Ich bin hier noch nicht fertig«, sagte er und sah ihr dabei tief in die Augen, in der Hoffnung, sie würde spüren wie ernst es ihm war.

»Mit was? Mit Rätsel lösen? Verarsch` mich jetzt bitte nicht.«

»Nein, ich sitze gerade an einem Manuskript und das muss ich unbedingt fertigstellen…«

»Ach komm`, das kannst du auch in Deutschland tun. Wichtig ist erst mal, dass der Meister sieht, dass du daran arbeitest. Wieviel fehlt denn noch?«

»Der Schluss. Eigentlich fehlt nur noch der Schluss.«

»Na prima, umso besser. Dann bringen wir ihm gleich morgen die fertigen Seiten und den Schluss reichst du nach. Ist doch kein Problem. Zeig` mal her, ich kann`s ja schon mal überfliegen.«

Wassermann stand auf, ging zum Fenster und legte seiner Lektorin die drei handgeschriebenen Schulhefte vor die Nase. Sie starrte ihn ungläubig an und blätterte.

»Was soll das sein? Ich sehe nur Bleistiftgekritzel.«

»Das ist mein neues Manuskript«, antwortete er und zündete sich eine Zigarette an.

»Oh Mann, das muss man ja erst mal abtippen. Seit wann schreibst du deine Rossettis mit der Hand?«

»Das ist kein Rossetti, das ist ein Wassermann.«

Katja Berger wollte es zwar nicht so wirklich glauben, holte aber trotzdem ihre Brille hervor und begann die ersten Zeilen zu lesen:

*Es war heiß, es war sonnig. War es Dienstag?*

*Der Tag, an dem er Schreibpausen einlegte, um Distanz zu seinen Romanszenen zu bekommen, sie sacken zu lassen. Oftmals auch der Tag, an dem er so gegen halb zwölf nach Castelletto fuhr, sich auf dem Wochenmarkt mit Obst und Gemüse eindeckte und anschließend auf der Piazzetta Olivo zu Mittag aß. Ja, je länger er sich zu erinnern versuchte, desto klarer baute sich das Bild vor ihm auf: Es war ein Dienstag im Juli, an dem sich seine Wege mit denen von Frau Eicher an einem alten, großen Olivenbaum kreuzten.*

»Mensch, Joseph, jetzt hast du mich echt erschreckt. Klar, ist das ein Rossetti…«

»Nein, lies` weiter«, forderte er sie auf. »Mit Rossetti hat die Erzählung überhaupt nichts zu tun.«

Sie schob die Lesebrille wieder nach oben und versuchte die weiteren Zeilen zu entziffern. »Was für eine Klaue!«, schimpfte sie kurz und blieb beim Text:

*Joseph Wassermann keuchte, als er seine Einkäufe die steile Gasse vom Hafen hinauf ins Sarsissa schleppte und sich an einem freien Terrassentisch direkt an der roten Hausmauer niederließ. Vor den anderen Häusern saßen ein paar Fischer, die über Sport, Politik und Wetter diskutierten, direkt über ihnen klammerten Frauen in bunten, blumigen Kittelschürzen Wäsche an die Leinen und unter einer violetten Bougainville meditierte eine rötlich gefleckte Katze, die nicht einmal dann aus der Ruhe zu bringen war, wenn ein paar Übermütige mit auffrisierten Vespa-Rollern über die Piazza ratterten und blitzschnell wieder in den engen Kopfsteingassen verschwanden. Kurz blickte er nach oben zu jenem verwitterten Balkon, wo beim jährlichen Karfreitagsspektakel ein kostümierter Pilatus seine Hände wusch, dann bestellte er eine kleine Karaffe Weißwein, eine Flasche Wasser, gemischten Salat und eine Portion Maccheroni à la casa. Den Hinterkopf leicht an die Wand gelehnt, hielt Wassermann sein Gesicht der Sonne entgegen und machte einen insgesamt sehr friedlichen, wenn nicht gar zufriedenen Eindruck.*

Sie klappte das Heft wieder zu, legte die Brille weg und betrachtete eine Weile die Comic-Hexe, die in ihrem Sternenumhang, ihrem spitzen Hut und mit einem Besen und wehendem Haar über den Umschlag des Heftes flog. Schließlich drückte sie ihren Zeigefinger genau auf die Stelle, wo die Warze auf der Nase saß und meinte:

»Okay, was soll das? Ganz ehrlich!«

Ohne weiter auszuholen, fing Wassermann an, seine komplette Geschichte zu erzählen. Von der alten Frau aus der Schweiz, von dem rätselhaften Buch, von seinem Ausflug nach Mantova und von den verrückten, zum Teil auch geheimnisvollen Begegnungen, die er dort hatte. Und von seinem inneren Ruf, all das aufzuschreiben.

Anfangs sträubte sich Katja Berger noch, sich auf die Erzählung einzulassen. Ihre Gedanken drehten sich zu sehr darum, den neuen Rossetti mit nach Hause zu bringen. Doch als sie die Euphorie in Joseph Wassermanns Ausführungen hörte, schloss sie die Augen und lehnte sich zurück.

Er war gerade bei der Szene mit der Wahrsagerin angelangt, als sie sich wieder nach vorne beugte, sich mit einer Hand im Gesicht und mit einem Ellbogen an der Tischkante abstützte und völlig unbewusst die Steine hin und her bewegte. Anfangs erging es ihr wie ihm, die Wörter ergaben keinen Sinn, was auch immer sie tat. Doch nach einigen Minuten hörte sie Wassermanns Erzählung nur noch sehr undeutlich, seine Worte klangen mit einem Mal sehr weit entfernt. Umso deutlicher aber stachen ihr die verschiedenen Schriftzeichen in die Augen und ohne es zu merken, war sie mit all ihren Sinnen in das Rätsel eingetaucht.

»Da fehlt doch was!« sagte sie plötzlich und riss ihn aus seinem Vortrag.

»Wieso?«, fragte er.

»Na, sieh` doch. Hier an dieser Stelle fehlt ein Wort. Dann ergibt das Ganze einen Sinn.«

Er stellte sich hinter sie und begutachtete die vierunddreißig Kieselsteine, die Katja in mehreren Reihen vor sich ausgebreitet hatte. Nur weiter unten, vor den letzten beiden Zeilen, da fehlte tatsächlich ein Wort. Der Rest war klar und deutlich zu lesen. Ein kurzer Vers. Vielleicht ein Gedicht?

»Hast du irgendwo noch einen weiteren Stein?«, wollte Katja wissen. Er stülpte den Lederbeutel nach außen, doch er war leer. Vielleicht hatte er eines der Schriftzeichen verloren? Damals, unten am Steg oder schon bei Frau Eichers Nachbarin. Er bückte sich und suchte den Küchenboden ab, doch auch hier war kein einziges Wort zu finden.

»Nein, das sind alle«, warf er Katja zu, noch während er unter dem Tisch das Parkett abtastete.

»Ganz sicher? Es fehlt nur ein einziges Wort, dann ist das Rätsel gelöst. Überleg` doch mal, hast du nicht doch noch irgendwo einen solchen Stein?«

»Nein, ganz bestimmt nicht«, antwortete er und kam mit rotem Kopf wieder nach oben. »Mehr Steine waren nicht drin. Nur noch dieser Würfel hier.«

Er griff nach dem Holzwürfel, schwenkte ihn kurz in der Hand und rollte ihn über den Tisch, so dass er mit der Sechs nach oben an Katjas Ellbogen liegen blieb. Sie nahm ihn auf, drehte ihn ein paar Mal hin und her und hielt ihn näher vor die Augen. Dann setzte sie die Brille wieder auf und strich mit dem kleinen Finger über jede einzelne der sechs gepunkteten Flächen und anschließend mit dem Daumennagel an ihren zwölf Kanten entlang.

»Gib mir mal irgendetwas Spitzes! Eine Nadel oder so.«

Wassermann holte ein Schweizer Taschenmesser, in dessen rotem Griff eine kleine Pinzette eingebaut war, die sich dank einer winzigen Feder spreizte. Katja schob eine der beiden Teile in eine der Kanten und drückte die flach aufliegende Fläche leicht nach oben. Tatsächlich, der Würfel öffnete sich! Ein glänzender, roter Seidenstoff kam zum Vorschein, mit dem das Innere des Würfels ausgepolstert war und in dessen Mitte ein weiterer, kleinerer Würfel lag, aber ohne Zahlen. Sie holte ihn heraus und auch er ließ sich öffnen, nur dass der kleinere Würfel nicht mit rotem sondern mit blauem Samt gefüllt war, der an das funkelnde Leuchten eines Lapislazuli erinnerte.

»Fast wie diese russischen Holzpuppen. Wie heißen die gleich noch mal. Die, wo immer eine weitere Puppe in ihr versteckt ist…?«

»Matrjoschka, oder?«, flüsterte Katja, noch immer erstaunt über ihre Entdeckung.

»Ja, genau…Matrj…«. Mitten im Satz stockte Wassermann der Atem und er schnappte nach Luft.

»Was ist los mit dir?«

»Oh Gott, Katja, ich glaub`, ich hab`s! Klar gibt es noch einen Stein. Ich hab` ja noch den Diamanten!«

»Den Diamanten?«

»Ja, dieser Jesustyp schenkte mir einen Diamanten. Warte…«

Er ging hinüber ins Schlafzimmer und suchte in seiner Reisetasche nach der winzigen Holzschachtel, in der der kleine pyramidenförmige Edelstein lag. Dann öffnete er sie und legte den Stein in Katjas Hand.

»Dein Buch. Hier ist dein Buch, hat er gesagt.«

Die Lektorin blickte ihn erneut völlig fassungslos an, legte dann aber den Diamanten zurück in seine winzige Schachtel und drückte diese in den blauschimmernden Samtstoff.

»Passt genau«, freute sie sich und ließ den kleineren Würfel mit dem kleinsten Würfel im großen Würfel verschwinden.

»Wow, der hat`s echt in sich«, sagte Joseph Wassermann.

»Im wahrsten Sinne des Wortes«.

Dann, nach kurzem Schweigen: »Buch sagtest du?«

»Wie meinen?«

»Du hast doch gesagt, dieser Jesus hätte irgendwas von einem Buch erzählt?«

»Ach so, ja, er meinte hier sei mein Buch als er mir den Diamanten schenkte.«

Sie legte den Würfel an die freie Stelle am Ende der letzten Zeile, suchte mit ihrer Hand nach der seinen und drückte sie.

»Dann wäre das Rätsel ja gelöst…«

## 35

Es war der Montag nach dem zweiten Advents-
wochenende als Stella Consolati ihre Freundin Chiara vor
dem *Albergo Italia* absetzte. Ein anstrengender Tag lag
hinter ihr, an dem sie Chiara, die es nach wochenlangem,
teils zermürbendem Kampf endlich geschafft hatte, sich
aus den miesen Klauen von Maurizios Escort-Agentur zu
befreien, zunächst in Mailand vom Flughafen abholte
und anschließend mit ihr sämtliche Boutiquen der Innenstadt abklapperte. Die Zufriedenheit über die neuesten
Einkäufe, vor allem auch über das eine oder andere
Schnäppchen, hielt ungefähr bis Brescia, doch von da an
drehte sich ihr Gespräch nur noch um das, was Chiara
seit Tagen unter den Nägeln brannte.

»Soll ich oder soll ich nicht?«

»Du meinst, ihm eine Nachricht schicken?«

»Ja, mir will einfach das Bild nicht mehr aus dem
Kopf. Wie er da so saß und mit der weißen Rose auf
mich wartete.«

»Du scheinst ihn tatsächlich zu vermissen. Ich mein`,
mit einer kurzen SMS kannst du ja nicht allzu viel falsch
machen. Musst ihn ja deswegen nicht gleich heiraten«,
lachte Stella. »War denn was zwischen euch? Im Hotel
oder so?«

»Ja, war es.«

»Ist nicht dein Ernst?«

»Doch, ist es.«

»Los jetzt, `raus mit der Sprache!«

»Das, was ich in dieser Nacht empfand, verwirrt mich
heute noch. Zum ersten Mal in meinem Leben spürte ich
viel, viel mehr als nur körperliche Befriedigung. Es ist

schwer zu beschreiben, aber es war als begegneten wir uns auf einer Ebene, von der ich vorher gar nicht wusste, dass es sie gibt. Vielleicht musste die Wildheit in mir endlich einmal ausgelebt werden, um zu erfahren, dass Liebe ein echtes Mysterium ist. Und nicht etwa ein Problem, das gelöst werden muss. Das frage ich mich schon die ganze Zeit.«.

»Aber Lust und Liebe ist doch nicht das Gleiche. Sind doch zwei Paar Stiefel.«

»Mag sein, aber wenn Lust die Tür zu wahrer Liebe öffnet, dann trage ich gerne immer mal ein anderes Paar Stiefel. Haben ja jetzt wieder genug neue im Kofferraum«. Ihr Lachen klang schon nicht mehr ganz so dumpf, wie noch zuvor auf der Autobahn.

»Mamma mia, du bist ja total verknallt«, bemerkte Stella, als sie den Wagen vorm Hotel zum Stehen brachte.

»Ich bin nicht nur verliebt, ich bin auch nicht mehr ich. Das Leben nur noch mit seinen Augen sehen, das ist es, was ich möchte.«

Chiara drückte Stella einen Kuss auf die Wange und stieg aus. Für einen Moment nahm sie den Gitarristen wahr, der mit geschlossenen Augen an einer der Säulen lehnte und Musik machte. Er trug einen grauen Trilbyhut und sang den Refrain von Bob Marleys *Waiting In Vain*. Als sie die Tür zum Hotel öffnete, ließ Stella noch schnell das Beifahrerfenster nach unten und rief:

»Schick` ihm eine!«

»Eine was?«

»Eine Nachricht. Am besten mit Foto!«

Es war derselbe Montagabend, an dem Katja Berger die letzten Sätze von Wassermanns handschriftlichen

Schulheften in den PC hämmerte, sämtliche Seiten ausdruckte, ein entsprechendes Exposé erstellte und sich noch für den späten Abend mit Verlagsleiter Töppke verabredete.

»Und du meinst wirklich, wir sollen diese Geschichte veröffentlichen?« fragte der Meister skeptisch.

»Unbedingt«, setzte sich Katja ein. »Sie hat das Zeug, den Leser für kurze Zeit in eine moderne Märchenwelt zu entführen«.

»Gibt`s schon einen Titel?«

»Nun, Josephs großer Wunsch wäre, wenn das Buch ›Diamante di Mantova - die Erzählung vom Mann, der sich im Kreis dreht‹ heißen würde.«

»…im Kreis dreht? Warum Kreis?«

»Weil sich die Suche des Protagonisten so lange im Kreis dreht, bis sich herausstellt, dass eine völlig andere Romanfigur der eigentliche Hauptdarsteller ist. Ein Gaukler, der eine Art Derwischtanz aufführt und sich dabei tatsächlich im Kreis dreht«.

»Wie raffiniert. Und der Protagonist, der gar nicht der Protagonist ist, ist zugleich Verfasser dieser Schrift, die er sucht? Ich muss schon sagen, Hut ab! Okay, ich lese den Entwurf in den nächsten Tagen durch und gebe dir Bescheid.«

»Ein bisschen müssen wir aber noch feilen«, sagte die Lektorin und überreichte ihm das Manuskript. »Was du da in den Händen hältst, ist erst der Rohdiamant. Noch nicht geschliffen.«

Umso überraschter war sie, als ihr Chef schon am nächsten Tag, eigentlich schon am frühen Morgen, anrief und der Veröffentlichung seinen Segen gab.

»Da wird nichts mehr geschliffen«, befahl er. »Dieser Diamant muss roh bleiben. Mit allen Ecken, Kanten und Ungereimtheiten. ›Der Mann, der sich im Kreis dreht‹, so nennen wir es, ohne Diamantenschnickschnack und so.«

»Das ist ja wunderbar!«, freute sich Katja und rieb sich den Schlaf aus den Augen. »Ich rufe Joseph gleich an.«

»Dann richte ihm gleich auch aus, dass er sich jetzt ruckzuck auf seinen Rossetti konzentrieren soll. Zum Frühjahr brauchen wir einen neuen Krimi. Die Leser warten auf den neuen Wassermann.«

»Richte ich aus«, versprach sie, aber still und heimlich wusste sie, dass der Diamant aus Joseph längst einen neuen Wassermann gemacht hatte.

Und es war, Zufall oder nicht, derselbe Abend, an dem Joseph Wassermann beschloss, aus der Monotonie seines bisherigen Lebens auszubrechen. Schluss mit dem ewigen Grübeln, der Lethargie und Langeweile. Hinweg mit dem gräulichen Schleier, der selbst dann seine Sinne trübte, wenn die Sonne schien. Er wollte wieder leben, lieben und lachen und er ahnte bereits – Sylvia Eicher sei Dank – wie er das hinkriegen würde.

Er öffnete eine Flasche Amarone, zündete zwei der vier Adventskerzen und eine Lucky Strike an und notierte auf der letzten Seite von Giacomos drittem Schulheft sechs Dinge, die er für überlebenswichtig hielt: Glaube, Gesundheit, Geld sowie Licht, Liebe, Lebensfreude. Jedem dieser Bereiche gab er eine Würfelzahl. Der Glaube bekam die Eins, die Gesundheit die Zwei, das Geld die Drei, das Licht die Vier, die Liebe die Fünf und für die Lebensfreude gab's die Sechs.

Dann holte er den achteckigen, hölzernen Würfel aus der Schreibtischschublade, ließ ihn feierlich über den Tisch rollen und stieg mit der Eins und einem großen Schluck Rotwein in sein neues Leben ein.

## 36

Am nächsten Morgen, gleich nach dem Aufwachen, meditierte und betete er, denn der Würfel zeigte wieder die Eins. Tags darauf fiel dann die Drei und er schrieb an seinem Rossetti weiter, denn das war sein Job. Wieder einen Tag später würfelte er die Sechs und er telefonierte stundenlang mit einem seiner Freunde, den er über all die Jahre vernachlässigt hatte. Auch die Vier lachte ihn eines Morgens an und er raffte sich auf, um für seine alten, schwachen Vermieter einen Großteil der diesjährigen Olivenernte zur Steinpresse zu fahren. Zwischendurch erinnerte ihn dann die Drei mal wieder daran, dass er längst die Buchhaltung fürs dritte Quartal hätte abliefern müssen und auch die Eins erschien wieder auffallend oft, so dass er sich einigen spirituellen Büchern widmete und meist vorm Schlafengehen in der *Offenbarung* las. Und immer dann, wenn er die Zwei würfelte, standen Strand- und Waldspaziergänge und ein gesunder Speiseplan auf dem Programm.

Je öfter er dieses Spiel spielte, desto intensiver wurde sein Leben und schon bald gelang es ihm, sich jeden Tag nur auf die Dinge zu konzentrieren, die der Würfel vorgab. Egal, ob Glaubensfragen, Gesundheitsthemen, Geldangelegenheiten oder Liebe, Lust und Leidenschaft – immer war er mit Leib und Seele für nur eine Sache da. Völlig präsent. Nur wenn er die Fünf würfelte, war alles anders. Dann kroch diese verdammte Traurigkeit in ihm hoch und er blieb meistens im Bett, träumte vor sich hin und fühlte den Blues, den seine Sehnsucht nach Chiara auslöste. Woher sollte er auch wissen, dass sie es Tage und Wochen hinauszögerte, bis sie ihm an Heiligabend schließlich doch das Foto mit der Nachricht schickte? Da er aber die Nummer des Absenders niemandem zuordnen konnte, ließ er die Meldung vorerst ungeöffnet. All die Weihnachtsgrüße konnte er zu einem anderen Zeitpunkt noch beantworten, zumal hier in Italien das Fest ja immer erst einen Tag später gefeiert wurde.

Um diese Zeit waren die Nächte am längsten, das wusste er und doch war er erstaunt darüber, dass die Sonne bereits um halb fünf als glutroter Feuerball hinter Sirmione unterging und schlagartig die Dunkelheit einsetzte. Während er spazieren war, hatten sich Ida und ihr Mann Marco die Mühe gemacht, einen Weihnachtskranz zu flechten und ihn an seine Wohnungstür zu hängen. ›Buone Feste‹ stand auf einer grünen Schleife und vor seiner Wohnungstür stellten sie einen runden Karton ab, in dem sich ein frischer *Pandoro* befand.

Er klingelte kurz, um sich zu bedanken und, nein, er wollte heute ausnahmsweise mal nicht mit ihnen Kaffee trinken.

»Ich muss gleich noch nach Deutschland telefonieren. Ihr wisst schon, Weihnachten, Familie und so.«

»Si, si, kein Problem, Familie ist wichtig«, sagte Ida und schenkte ihm wie immer diesen Dackelblick von dem er nicht genau wusste, ob sie jetzt beleidigt oder nur enttäuscht war, weil er ihrer Einladung nicht folgte.

Zurück im Appartement ließ er sich rückwärts auf die Couch fallen und brachte die vier unterschiedlich geschrumpften Adventskerzen zum Brennen, die den Raum mit so reichlich Licht erhellten, dass er die Zimmerlampe ohne weiteres wieder ausschalten konnte. Er öffnete den

Weihnachtskuchen, hob ihn auf einen der letzten gespülten Teller und registrierte, dass der Pandoro von der Seite aus betrachtet wie ein verschneiter Puderzuckerberg, von oben aus gesehen aber auch wie ein weißer Stern aussah. *Pan d`oro, goldenes Brot, kreative Backkunst aus Verona,* stand auf der Verpackung. Dazu einen Latte Macchiato und der gemütliche Teil des Abends konnte beginnen. Einfach nur Herumliegen, Nichtstun, in die Kerzen träumen, mehr brauchte er nicht. Vielleicht noch ein paar wichtige News am Handy abrufen, dem oder die ein frohes Fest wünschen, aber dann musste es wirklich gut sein. Er öffnete sein What`sApp-Programm und sah, dass ganz oben noch immer die unbekannte Nummer mit italienischer Vorwahl stand, was nicht nur bedeutete, dass seit gestern Abend keine weiteren Meldungen mehr hinzugekommen waren, sondern auch, und da konnte er wirklich gut mit leben, dass sich das Beantworten der Weihnachtsgrüße einigermaßen in Grenzen hielt. Mit Katja Berger und Meister Töppke hatte er ja vorgestern länger telefoniert, den Freunden in Deutschland schrieb er E-Mails und seinen wenigen Verwandten schickte er bereits letzte Woche Grußkarten oder kleine Weihnachtspäckchen. Wer blieb da noch übrig?

Er nahm einen Schluck Latte, schnitt ein Stück des Kuchens ab und streckte die Beine aus. Fast wäre ihm der staubtrockene Hefeteig im Hals stecken geblieben als er das Selfie von Chiara sah und die dazugehörige Nachricht las.

*Das Ende der Welt wird unser Anfang sein!*

»Mein Gott !«

Wassermann wusste im ersten Moment nicht, ob er dieses »Mein Gott !« nur leise dachte oder ob er es mit einem Urschrei bis zur anderen Seeseite donnerte. Genau genommen wusste er überhaupt nicht mehr, was in dieser Sekunde mit ihm geschah. Er spürte nur, wie sich ein tonnenschwerer Stein in seiner Herzgegend rasend schnell in eine hauchdünne, leichte Feder verwandelte und der Boden unter seinen Füßen nachgab. Er legte sich auf den Rücken, hob die Beine aufs Sofa und blickte unentwegt zur Zimmerdecke in der Hoffnung, dieser nicht unbedingt bedrohliche aber doch völlig ungewohnte Zustand ließ irgendwann nach. Was er aber nicht tat! Ganz egal, ob er sich aufsetzte, durchs Zimmer ging oder sich wieder flach legte, immer hatte er das Gefühl leicht über dem Boden zu schweben. Es dauerte mindestens eine, wenn nicht sogar zwei Stunden, bis er aufhörte, sich dagegen zu wehren und seine neue Leichtigkeit annahm und akzeptierte. Es war zugleich der Augenblick, an dem er das Gefühl hatte, aus einem langen, tiefen Schlaf zu erwachen und fiebrige Lust verspürte, sein Herz sperrangelweit aufzureißen. Zu öffnen für die Stimme seines Herzens und dafür, Chiara mit oder auch ohne Worte zu zeigen, was in ihm war. Zugleich aber auch mit einer riesengroßen Bereitschaft, alles zu empfangen, was sie ihm geben konnte. Liebe und Schmerz, Zärtlichkeit und Traurigkeit.

Er ging hinaus auf die Terrasse, sah, wie der Mond den Wellen des Gardasees ein leichtes Funkeln schenkte und stellte sich vor, er wäre ein Loch im Firmament, durch das die Menschen von Neumond bis Vollmond einen immer größeren Eindruck vom prachtvollen Licht bekamen, das dahinter lag. Ähnlich wie gewisse Träume, die immer wieder in andere Welten entführen und man oft nicht so recht wusste, ob sie wirklich gelebt oder nur geträumt wurden. Was, wenn all das, was ihm im Herbst in Mantova wiederfuhr, nur ein langer, bunter Traum gewesen war? Er rief sich noch einmal die Bilder ins Bewusstsein, die er sah, als die Seherin ihm aus den Augen las. Wie konnte sie von den beschrifteten Steinen wissen? Waren die Grenzen zwischen Traum und Wirklichkeit vielleicht doch viel durchlässiger als er immer glaubte? Wie sonst konnte es sein, dass beschriftete Steine einen Traum verlassen und nun in seinem Besitz waren? Oder er plötzlich in seinem Handy die leicht kratzige Stimme Chiaras hörte, die ein warmes, sinnliches »Pronto?« in sein Ohr hauchte, obwohl er in ihrer What`sApp-Nachricht zwar auf das kleine Telefonsymbol drückte, dabei aber keinen einzigen Rufton vernahm.

»Chiara?«

»Si.«

»Äh, ciao, hier ist Joseph…«

»Ciao Joseph…«

Was nun folgte war tiefes gemeinsames Schweigen. Sie taten nichts weiter, als sich gegenseitig atmen zu hören und miteinander verbunden zu sein. Zwei Minuten? Zehn Minuten? Es gab keine Uhr mehr, nur noch Zeit und Ewigkeit. Bis zu dem Moment als Chiara sagte:

»Zu Ostern bin ich wieder in Mantova.«

»Ich werde da sein.«

»Albergo Italia?«

»Albergo Italia.«

Er ging wieder zurück ins Zimmer und sah in den Spiegel. Seine Blicke, seine Augen waren viel größer als sonst. Sie strahlten, sie lachten und wünschten sich, für immer und ewig mit den grüngrauen Augen Chiaras zu tauschen. Dann fing er an zu tanzen. Ohne Musik, nur nach dem Rhythmus seines Herzens, das sich immer weiter öffnete und sich freier als frei fühlte. Frei von fremdbestimmten Vorstellungen, von Zwängen und Selbstlügen. Frei auch von allem, was er von Eltern, Erziehern, Priestern und Medien jemals über Zweisamkeit, Ehe und Familie eingehämmert bekam. War es nicht das, was die Seherin von Mantova las und prophezeite? Dass Joseph Wassermann seine Ängste mit Angst bekämpfte, in Zukunft aber Angst mit Liebe besiegen würde. Und Chiara war seine Liebe! Die Frau mit dem roten Herzen. Die Göttin, die nach Rosen roch. Die Katze mit den Stiefeln.

Die Leopardin.

# Ausstieg

## 37

Es passte hervorragend in sein Konzept, dass er am frühen Morgen des Karfreitags die Eins würfelte, denn seit Tagen schon nahm er fest sich vor, nach Spiazzi zu fahren und die Wallfahrtskirche aufzusuchen, in der Frau Eichers Ehemann vor Jahren dem alten Mönch aus Sri Lanka begegnete. Schließlich nahm hier alles seinen Anfang und er bildete sich ein, der Kreis würde sich erst schließen, wenn er mit seinem *Mann, der sich im Kreis dreht* an ihren Ursprungsort zurückkehrte. Nachdem Katja Berger ihm vergangene Woche endlich die Schulheftmanuskripte zukommen ließ, konnte er nun sein Werk vollenden.

Zwar waren die Temperaturen am Gardasee mittlerweile wieder in den zweistelligen Bereich geklettert, doch weiter oben, in den Bergen, war es noch ungemütlich kühl, weswegen er nicht nur seine Jeansjacke überzog, sondern auch in einen weinroten Anorak schlüpfte. Die Sonne schien an diesem klaren Vormittag, so dass er sich für die Strecke über Albisano, Pesina und Caprino entschied, auch wenn die steilen Serpentinen über Torri del Benaco seiner über dreißigjährigen Charleston-Ente schwer zu schaffen machten. Er hatte Lust, Bruce Springsteen zu hören und legte dessen ›River‹-Album ein, das ihn bis zur Ankunft am großen Parkplatz von Spiazzi in den Ohren lag und deren Songs er zwischendurch laut und überraschend gutgelaunt mitsang. Hier begann der Abstieg, der hinunter zur Schlucht führte, wo nach etwa zwanzig Minuten die Wallfahrtskirche *Madonna della Corona* auf all die Pilger wartete, die sich ihr von oben nach unten näherten. Jene, die sich die Mühe machten, vom Fuße des Berges in etwa zwei Stunden über den ›Büßerweg‹ nach oben zu klettern, hatten das Kloster fast die ganze Zeit vor Augen. Doch spätestens bei ihrer Ankunft empfanden beide das Gleiche: Wie ein Vogelnest thronte die Kirche in schwindelerregender Höhe über dem Etschtal und man fragte sich unweigerlich, wie es nur möglich war, an dieser überhängenden Felswand ein solches Bauwerk zu errichten. Wie die anderen Besucher stieg Joseph Wassermann zunächst die vielen Steinstufen hinauf zur Basilika, von deren Vorplatz er seinen Blick vom Himmel hinunter zur Etsch wandern ließ, die sich als liegendes ›S‹ durch die Landschaft schlich und an manchen ihrer Kurven von der geradlinigen Brennerautobahn gestreift wurde. Nach einem kurzen Rundgang durch das Gotteshaus, dessen linke Flanke nicht etwa eine Mauer, sondern tatsächlich die ursprüngliche Felswand war, stieg er wieder hinunter und suchte das kleine Café auf, wo er grünen Tee mit Zitronengeschmack trank und in seinen Aufzeichnungen nach der Stelle blätterte, in der Sylvia Eicher ihm von der kleinen, unterirdischen Kapelle erzählte. Er musste die große Haupttreppe links liegen lassen und ein paar Meter weiter eine der beiden Türen öffnen, die zum Untergeschoss der großen Kirche führten. Er entschied sich für die rechte Tür und fand sich plötzlich in einem langen Gang wieder, an dessen Wände dutzende, wenn nicht hunderte Marienskulpturen aufgereiht waren, die Menschen aus aller Welt hierherbrachten. Messingfiguren, Holzschnitzereien, gemalte Bilder, kitschige Plastikmadonnen, jede Menge Rosenkränze und allerhand Wimpel und Fahnen füllten den Raum bis auf den letzten Zentimeter aus und ließen nur vor den großen Fenstern Platz für die spektakuläre Aussicht ins Tal.

Gleich nach der Eingangstür führte eine Treppe hinunter zu einem weiteren Raum, der direkt darunter lag. Da außer ihm weit und breit kein Mensch zu sehen war, kam er sich wie ein Einbrecher vor, weswegen er etwas zögerte, dort hinunterzusteigen. Doch wieder einmal war es seine Neugier, die sämtliche Zurückhaltung zur Seite stieß und sich den Weg frei kämpfte. Richtig wohl fühlte er sich allerdings nicht, als er den Kellerraum betrat und in mehreren Glasvitrinen die aufgebahrten Knochen verstorbener Mönche ruhen sah. Da auch hier nichts von einer kleinen Kapelle zu sehen war, trat er umgehend den Rückzug an und war heilfroh, wieder an der frischen Luft zu sein. Erstmal eine Zigarette, die er aber nach zwei, drei Zügen wieder ausklopfte, weil plötzlich ein älterer Pfarrer mit langer, schwarzer Kutte wie aus dem Nichts vor ihm stand, ihn musterte und dann schweigend weiterging. Wassermann wartete bis die Luft rein war, dann öffnete er die andere Tür und betrat eine kleine Kirche an deren Flanken einige hölzerne Beichtstühle aufgestellt waren. Sie erinnerten ihn an seine Kindheit im Benediktinerinternat, wo die Zöglinge einmal im Monat zur Beichte gezwungen wurden, ohne wirklich zu wissen, warum. Wahrscheinlich erhofften sich die klerikalen Erzieher, dass die Schüler andere Klassenkameraden verpetzten oder sich selbst verrieten. Er musste kurz lachen als er daran dachte, wie er sich jedes Mal in diesem Holzkasten die zehn Gebote ins Gedächtnis rief und dem auf der anderen Seite sitzenden Pater reumütig erzählte, er hätte gestohlen, getötet oder Ehe gebrochen. Im Alter von zwölf Jahren!

Leise lief er nach vorne zum Altar und entdeckte in der Mitte der linken Wand eine runde Öffnung, die den Blick auf einen ausgeleuchteten Treppenaufgang freilegte. Etwa dreißig Marmorstufen führten hinauf zu einem lebensgroßen Erlöser, der mit ausgestreckter Hand seine Hilfe anbot, um den Betrachter zu sich nach oben zu ziehen. Ja, das musste die heilige Treppe sein, von der Frau Eicher sprach und an deren unterster Stufe ein Schild darauf hinwies, dass sie dem Anlass entsprechend nur auf Knien hinaufgerutscht werden darf. Keine Frage, eine gewisse Ehrfurcht machte sich in ihm breit und wenn er tatsächlich einen Blick hinter die Kulissen werfen wollte, kam er wohl nicht um die Vorschrift herum. Also kniete er sich auf die erste Stufe, hob erst das erste, dann das zweite Knie auf die nächste und tat dies auch noch mit der übernächsten und vier oder fünf weiteren Stufen. Hier pausierte er kurz und sah demütig nach oben zu Jesus Christus, der ihm aufgrund der Schmerzen, die der Marmor an seinen Kniescheiben verursachte, in diesem Moment unerreichbar schien. Doch er machte weiter, zumindest bis zu dem Punkt, an dem er die halbe Treppe hinter sich gebracht hatte, denn wie aus heiterem Himmel erschien plötzlich der Gaukler von Mantova vor seinem inneren Auge und er erinnerte sich an die Textpassage, die er ihn nach seinem Kreistanz laut vorlesen ließ:

*Lege nicht diese Distanz zwischen uns, denn ich bin nicht anders als du. Was auch immer du bist – Bettler oder Dieb, Heiliger oder König –, bin ich auch. Es gibt kein Podest, auf das ich von euren Kirchen nicht gestellt, und keine Gosse, in die ich nicht gestoßen worden wäre.*

Warum also niederknien? Zu Fuße kriechen?

Joseph Wassermann erhob sich, streckte Beine und Wirbelsäule durch und stieg, andächtig aber nicht weiter unterwürfig, die verbliebenen Reststufen nach ganz oben. Er war fest entschlossen, Jesus sehr tief in die Augen zu sehen. Mit aufrechter Haltung und aufrichtigem Herzen.

Zunächst aber betrachtete er das Bild nicht als Heiligtum sondern als Kunstwerk. Die Signatur in der unteren Ecke verriet ihm, dass es sich bei dem Maler um einen Künstler namens Resi handeln musste. Auch wenn sie auf den ersten Blick leicht verschwommen wirkten, waren im Hintergrund grüne Olivenbäume zu erkennen, deren dicke, dunkle Stämme nach hinten hin nach und nach kleiner wurden und dem Kunstwerk eine dreidimensionale Tiefe gaben. Jesus selbst schien in seiner ganzen Größe auf einer Lichtung zu stehen, in die zwar nur vereinzelte Äste hineinragten, doch deren grünlichsilberne Blätter bis ins kleinste Detail ihrer wahren Natur glichen und daher fotorealistische Züge annahmen. Den weitaus größten Teil des Bildes aber machte Jesus von Nazareth aus, der mit einer Größe von fast zwei Metern und einem langen, weißen Gewand in der Mitte der Leinwand stand und der mit seinen Fingern exakt jene Stelle auf der Brust berührte, an der sein Herz lichtvolle Strahlen in die Welt schickte. Strahlen, die so sehr blendeten, dass Wassermann kurz die Augen zusammenkniff! Seine rechte Hand streckte er nach vorne zum Betrachter, was dem dreidimensionalen Effekt zusätzliche Anziehungskraft verlieh. Nein, diesem Resi war beim Anfertigen dieses Bildes nicht der kleinste Fehler unterlaufen, denn auch das Gesicht mit seinem bräunlichen Vollbart und seinen mitfühlenden Augen überzeugte vollends. Klar, dass der Künstler hinter seinem dunklen,

schulterlangen Haar auch einen pastellfarbenen Heiligen-
schein andeutete, der sich kontrastreich vom olivgrünen
Hintergrund absetzte. Dieses Spiel aus Schatten und
Licht überwältigte Wassermann zutiefst.

Nach einiger Zeit wandte er sich vom Bild ab und
entdeckte keine fünf Meter links davon den Eingang zur
Kapelle. Noch immer war er hier unten völlig alleine und
so setzte er sich auf eine der vordersten Bänke und malte
sich gedanklich aus, wie in diesem versteckten Gebets-
raum ein buddhistischer Mönch eine alte Palmschrift
aufschlug und dem alten Eicher ein Brettspiel mit auf den
Weg gab. Lange überlegte er, wo er am besten seine drei
Schulhefte ablegen könnte ohne dass sie gleich bei der
nächstbesten Gelegenheit von irgendeinem Fremden
gefunden und möglicherweise mitgenommen wurden. Sie
hinter den Altar legen? Zwischen zwei Bänke schieben?
Unter dem Teppichboden verteilen? Nein, das war alles
nichts. Also ging er wieder zurück zu Resis Bild, zog den
großen, goldverzierten Holzrahmen einen Fingerbreit
nach vorne und klemmte sein Manuskript zwischen
Leinwand und Mauer, die so sehr von alten Spinnweben
überzogen war, dass er getrost davon ausgehen konnte,
sein hand-geschriebenes Manuskript auch in den nächsten Jahren hier in Sicherheit zu wissen. Dann tat er das,
was er sich vorgenommen hatte: Jesus Christus auf glei-
cher Höhe zu begegnen. Lange, sehr lange, blickte Wassermann ihm in die Augen. So lange bis diese für einen
winzigen Moment diamantartig aufblitzten und sich ein
leichtes Lächeln auf die Lippen des Erlösers legte. Eines,
das ihn an das Schmunzeln der Mona Lisa erinnerte und
das vorher noch nicht da war. Nein, war es ganz sicher
nicht. So sicher wie das Amen in der Kirche.

## 38

Noch am selben Abend packte Joseph Wassermann ein paar Sachen zusammen, warf die Reisetasche schon mal in seine Ente und fuhr hinüber nach Brenzone, um von der Piazzetta Olivo aus dem ›Via Crucis‹ beizuwohnen. Die, mittlerweile längst auch bei Osterurlaubern beliebte Karfreitagsprozession, die sich von der Kirche unten am See durch die Gassen Castellettos bis hinauf ins nächste Dorf Biaza zog, faszinierte ihn schon seit Jahren. Nicht so sehr aus religiösen Gründen, sondern vielmehr dank der unvergleichlichen Atmosphäre, bei der die Dorfbewohner sämtliche Autos aus dem Ort verbannten und mit altem Handwerk und biblischen Kostümen, wunderschönen Lichtimpressionen und vor allem mit viel Herzblut die verschiedenen Kreuzwegstationen Christi nachstellten. Die erste von ihnen, die Szene mit Pontius Pilatus, fand direkt über der *Trattoria Sarsissa* statt, wo Wassermann sich einen der wenigen Terrassentische schnappte, ein Glas Valpolicella bestellte und den vielen hundert brennenden Kerzen nachsah, die von den Prozessionsteilnehmern an ihm vorbeigetragen wurden.

Ob er nicht doch noch Chiara Bescheid geben sollte? Das Letzte, was er von ihr hörte, war über drei Monate her. Genauer gesagt am 24. Dezember, als sie schweigsam miteinander telefonierten und sich für Ostern in Mantova verabredeten.

Nein, kein Anruf. Er ließ es darauf angekommen. Es war nicht nötig, sich zu versichern, das spürte er. Die Tasche war gepackt, das Doppelzimmer im *Albergo Italia* gebucht, gleich morgen früh würde er losfahren und abwarten, was passiert.

Er steckte das Handy zurück in seine Jackentasche, nahm einen Schluck Wein, kaute ein Stück Brot dazu und holte Sylvia Eichers Lederbeutel mit seinen Schriftsteinen hervor. Dann wartete er, bis die allerletzten Kerzen am großen Olivenbaum vorbeigezogen waren und breitete die flachen Kiesel vor sich aus. Da lagen sie wieder, die kleinen und großen Wörter, die so lange keinen Sinn ergaben.

Wie gerne wäre er in diesem Moment ein Maler wie Resi gewesen. Er hätte, hier und jetzt, einen riesengroßen Regenbogenring gezeichnet und ihn mit einem noch größeren Traum gefüllt.

Doch Joseph Wassermann war kein Maler. Er war ein Tagträumer, der mit Buchstaben jonglierte und ein Schreiber, der Worte in die richtige Reihenfolge brachte. Und der dem Ende seiner Erzählung die Krone aufsetzte, indem er mit ruhiger Hand ein kostbares, ungeschliffenes Juwel zwischen die Zeilen schob und es genau nach dem einundzwanzigsten Stein liegen ließ:


HIER, ZUM ENDE DIESER REISE
SCHLIESSEN SICH DIE BUNTEN KREISE

NUN REICHE MICH
VON HAND ZU HAND
MICH, DAS BUCH,
DEIN
**DIAMANT**

DENN WENN DU ZWISCHEN ZEILEN LIEST
IST DIES DIE BOTSCHAFT DIE DU SIEHST.

# Literatur- und Quellennachweise

Während des Schreibprozesses an dieser Geschichte kam ich mit Büchern anderer Autoren in Berührung, die mich in hohem Maße inspirierten und deren Wissen – bewusst oder auch unbewusst – in meine Erzählung mit einfloss:

*Ferrucio Canali: Mantua – Neuer praktischer Stadtführer*
*(Randazzo G. Snc. Di Randazzo E. e. R., Verona, Italien)*
*ISBN 978-88-7551-391-7*

*Hajo Düchting: Farbrausch – Die Farbe in der Malerei*
*(Chr. Belser GmbH & Co. KG, Stuttgart, Deutschland)*
*ISBN 978-3-7630-2651-7*

*Paul Ferrini: Die Jesus-Botschaften*
*(Ullstein Buchverlage GmbH, Berlin, Deutschland)*
*ISBN 978-3-348-74597-8*

*Gerd B. Ziegler: Tarot – Spiegel deiner Bestimmung*
*(AGMüller Urania, Neuhausen, Schweiz)*
*ISBN 978-3- 03819-085-1*

Ein ganz besonderer Dank kommt dem kanadischen Maler und Schamanen Patrick Vidal (Alnilam) zu, der mir eines seiner Bilder zur Verfügung stellte, welches nun, in abgewandelter Sepia-Form, das Buchcover schmückt. Weitere Bilder von Patrick Vidal finden Sie unter:
*www.etsy.com/ca/people/AlnilamArt*

Ich widme dieses Buch
meiner Mutter und meinem Vater.

**Alles Liebe!**

Sascha Ruck

*(Lago di Garda, Weihnachten 2016)*

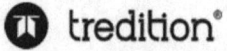

Zeitfracht Medien GmbH
Ferdinand-Jühlke-Straße 7
99095 Erfurt, Deutschland
produktsicherheit@kolibri360.de